Unter Menschen

Christian Runkel

ISBN:9798515619954
Titelbild: Straßenszene in Barcelona,
erstanden bei www.123rf.com

INHALT

EINLEITUNG

In einem Film von Woody Allen steht der neurotische Herr Leonard Zelig im Zentrum der Handlung. Seine Krankheit besteht darin, sich jeweils so perfekt auf seine Umwelt einstellen zu müssen, dass sich seine Persönlichkeit mit jedem neuen Begegnung mit anderen Menschen vollkommen verändert. Das geht von der Übernahme eines bestimmten Slangs oder Jargons bis hin zu seiner Hautfarbe, die sich unter Indianern oder schwarzen Boxern verdunkelt, und bis zur Form seiner Hosen, die sich in Paris sofort zu den weichen und weiten Clownshosen ausbeulen, die dort bekanntlich jeder Pariser trägt, dazu die Baguette unter dem Arm und die Gauloise im Mundwinkel.

Mir war Leonard Zelig auf Anhieb sympathisch, denn auch mir ist es oft so ergangen, dass ich unter den Menschen, die meine Umgebung bildeten, recht bald deren Umgangsformen, Sprache, und, ja, manchmal auch ihre Denkweise übernommen habe. Ich weiß nicht, ob diese Eigenart aus der edlen Solidarität mit meinen Nächsten entstanden ist oder aus der bloßen Angst, unangepasst zu wirken. Sicherlich hat mich beeinflusst, dass ich eine einheitliche Lebenswelt, wenn sie von einer größeren Zahl von gleichgesinnten Menschen bestimmt wurde, immer schnell als in sich vollkommen logisch und gedanklich geschlossen empfunden habe. Da lag es nahe, diese Logik auch auf mich selbst zu übertragen, wenn ich mich innerhalb dieser Lebenswelt zu bewegen hatte, und mich also entsprechend zu verhalten.

Meine in der Folge vorgestellten kleinen Lebensbilder schildern solche Lebenswelten, die alle eine gewisse Prägewirkung auf mich gehabt haben – unter Lehrern, unter Frommen, unter Arbeitern und Enthusiasten und anderen mehr. Alle diese Welten zusammengenommen haben meinem Leben einen Weg gegeben. Er ragte nirgendwo heraus, aber er hatte immer wieder dann glückliche Momente, wenn er an den Ort geführt hat, der diesem kleinen Buch den Titel geben: unter Menschen.

Remscheid, im Mai 2021
Christian Runkel

UNTER FLÜCHTLINGEN

Das Haus, in das meine Eltern mit mir und meiner kleinen Schwester einzogen, als ich vier Jahre alt war, steckte voll mit Flüchtlingen. Es lebten elf Familien dort, auf vier Etagen, mit jeweils zwei oder drei kleinen Wohnungen auf jeder Etage. Einige Familien lebten in nur zwei Zimmern mit drei Generationen zusammen, Kinder, Eltern und Großeltern. Es muss sehr eng gewesen sein in diesem Haus, aber in meinen frühesten Erinnerungen finde ich nichts von bedrängten räumlichen Verhältnissen und auch nichts von der Armut, die es hier sicherlich gab. Eher denke ich an ein neues und helles Haus zurück, ein Haus mit gelbbraunen Solnhofener Naturfliesen im Hausflur und einem großen Hofgelände. Es war 1953 mit staatlichen Mitteln gebaut worden, die nach dem Krieg speziell für die Wohnungen von Flüchtlingen bereitstanden. Am Tag unseres Einzuges waren die letzten Bauhandwerker noch im Haus, es war an einigen Stellen noch nicht fertig. Auf einem Foto stehe ich mit meiner Schwester vor der offenen Haustür, vor der ein grobes Brett quergestellt ist und den Raum bezeichnet, den das noch in Beton zu gießende Eingangspodest einnehmen soll. Das Haus ist in meiner Erinnerung nicht arm und nicht eng, die vielen Menschen machen es lebendig und für uns Kinder interessant. Mit unseren kleinen Körpern schlüpfen wir überall durch und empfinden auch den kleinsten Raum noch als weit.

Meine erste Erinnerung an die Menschen im Haus ist sehr konkret, sie verbindet sich mit den starken Hausfrauenarmen von Frau Duschek, der Nachbarin aus der vierten Etage. Sie war 1945 aus Schlesien geflohen und lebte erstmals seit ihrer Flucht wieder mit ihrem Mann und ihren vier Kindern in einer gemeinsamen Wohnung. Ihre Arme haben mich etwas gegen meinen Willen ergriffen und tragen mich die steile

Betontreppe aus dem Keller hinauf zu unserer Wohnung im Erdgeschoß. Dem Haus fehlt neben dem Eingangspodest unter anderem auch das Geländer an dieser Kellertreppe, und die fürsorgliche Tante Duschek (wir nannten alle Leute, mit denen unsere Eltern halbwegs vertrauten Umgang pflegen, Tante und Onkel) fürchtet, dass ich hier abstürzen könnte.

Auch das Haus, in dem wir vorher gewohnt hatten, hatte eine steile Betontreppe, die sich unmittelbar an unsere Küche anschloss. Hier klaffte für uns Kinder ein finsteres Loch, das Ende der Welt, wie wir sie kannten. Die Warnung meiner Mutter vor dieser gefährlichen Absturzstelle ist die allerfrüheste Erinnerung, die ich überhaupt habe. Später im Leben ist meine Höhenangst die einzige Phobie, unter der ich gelegentlich zu leiden habe. Vielleicht hat das mit diesen Treppen zu tun.

Das erste Haus war eine behelfsmäßig eingerichtete Hütte aus Betonplatten, welche meine Eltern nach ihrer Hochzeit im Jahre 1948 bezogen hatten. Die Hütte stand auf den Trümmern des großelterlichen Hauses, von dem nach dem großen Bombenangriff auf meiner Heimatstadt im Juli 1943 nur noch der Keller übriggeblieben war. Auch in diesem Haus gab es Flüchtlinge, nämlich die Eheleute Franz und Luise Korn, mit ihrem fünfjährigen Sohn Hans. Sie wohnten im unzerstörten Keller, unten an der steilen Treppe, waren dort sehr viel Feuchtigkeit ausgesetzt, waren vermutlich aber froh, immerhin ein Dach über dem Kopf zu haben. Verglichen mit ihrer Kellerwohnung, an die ich keine Erinnerung habe, ich durfte wohl wegen der steilen Treppe nicht dorthin, war unsere Betonhütte auf der Kellerdecke ein reicher Palast, den meine Eltern später liebevoll "Das Häuschen" nannten. Es wurde etwa drei Jahre nach meiner Geburt mitsamt dem feuchten Keller abgerissen und durch einen Neubau ersetzt, der mit seinen baugleichen vier Nachbarhäusern die Häuserreihe Friedrichstraße 76 bis 84 bildete. In die Nummer 76 zogen wir nach einer kurzen Überbrückungszeit in einer anderen Wohnung dann ein. Hier wohnten die drei Korns ebenfalls, in der Etage über uns.

Damals erfreute ich meine Eltern mit einer schnellen sprachlichen Entwicklung. Recht bald, noch im „Häuschen“ lernte ich, den größten Lastwagen der großväterlichen Baufirma, einen Krupp, als "Pupp" zu identifizieren, wenn er über das Kopfsteinpflaster der Friedrichstraße klapperte, und lernte außerdem, die ostpreußische Frau Korn mit ihrem ständigen Gezeter zu imitieren. Immer wieder wurde später erzählt, dass man mich nur fragen musste, "Wie macht die Tante Korn?" und ich in ein langgezogenes "Jey-jey-jey-jey-jey" ausbrach, mit schöner klanglicher Wiedergabe des original-ostpreußischen Ey.

Auch wenn dies eine recht frühzeitige Begegnung mit einer anderen Sprachfarbe, einem anderen Dialekt war, so dauerte es doch sehr lange, bis ich die Herkunft der Menschen um mich herum anhand ihrer Sprache und anhand ihrer Namen zu unterscheiden lernte. Die alteingesessenen Menschen hier hießen Hölterhoff und Wilms und Kormannshaus, aber sie begegneten mir zunächst nicht, so dass mir östlich klingende Namen wie Keiluweit, Koslowski oder Peleikis eher familiär waren und gar nicht fremd erschienen. Einige dieser Namen klangen sogar recht vornehm, wie der Name des Hausverwalters Sulima. Von Herrn Sulima hörte ich immer nur meine Mutter reden, bekam ihn aber nie zu sehen und stellte ihn mir – wegen der ihm anvertrauten, mir groß und bedeutend erscheinenden exekutiven Gewalt – nach und nach als eine Art orientalischen Sultan vor, woran ja auch sein Name in gewisser Weise erinnerte.

Später hörte ich manchmal, wie die Erwachsenen Witze über die Flüchtlinge machten. Sie hätten, sagte man, bei ihrer Einbürgerung alle miteinander angegeben, in ihrer Heimat große Reichtümer, meist Bauernhöfe, ja richtige Landgüter zurückgelassen zu haben. Ein Witz aus dieser Zeit lautete in etwa so, der Kölner Bahnhof sei jüngst über und über mit Flaggen geschmückt gewesen. Warum? Man habe in einem aus dem Osten kommenden Eisenbahnwagen erstmals einen Knecht begrüßen können. Der Witz implizierte, dass alle anderen Leute aus dem Osten sich als selbständige Bauern ausgegeben hätten. Für mich war dieser Witz zunächst nicht verständlich, denn in unserer

Nachbarschaft gab es niemanden, der mit seinem verlorenen Reichtum prahlte. Die Väter meiner Spielkameraden arbeiteten in verschiedenen Industriebetrieben und wirkten bescheiden aber auch zufrieden auf mich, wenn sie abends nach Hause kamen.

Erst sehr viel später habe ich einzelne Geschichten von ihnen gehört und erfahren, dass viele zwar kein Vermögen im Osten verloren hatten, aber oft eine gute berufliche Chance, die sich in der vollkommenen Neuorientierung im Westen nicht wieder ergab. Da musste der angehende Ingenieur möglicherweise als Hilfsarbeiter neu anfangen. Er tat es oft ohne große Bitterkeit - dem Nachbarn ging's ja auch nicht besser - und es gelang ihm sogar nicht selten, am Ende dann doch noch eine Ingenieursstelle zu besetzen. Der "zweite Bildungsweg" wurde damals als eine sich natürlich ergebende Alternative angesehen und war für viele nicht die Ausnahme, sondern die Regel.

Später habe ich gelernt, das Elend der Flüchtlinge dieser Welt zu sehen und zu verstehen. Wie viele andere Menschen auch haben mich die Bilder afrikanischer Kriegsflüchtlinge angerührt, ihre vom Hunger und vielen Entbehrungen gezeichneten Gesichter. Noch später habe ich gelernt, dass die deutschen Flüchtlinge ein Teil von ihnen waren. Sie gehen wie ein Urbild durch den Film, der als Endlosschleife im Eingang zum Bonner „Haus der Geschichte der Bundesrepublik“ gezeigt wird, und in dem eine bis an den Horizont reichende Schlange von Menschen mit Koffern, Kinderwagen und Handkarren am Betrachter vorüberzeiht. Ich habe verstanden, dass die Flucht aus den Ostgebieten der Anfang unserer nationalen Geschichte ist, meiner Geschichte. Aber als Kind in der Friedrichstr. 76, in der wir wohnen blieben, bis ich 14 Jahre alt war, habe ich so gut wie nichts davon gewusst.

Kinder sind wie alle anderen Menschen zum Mitleid fähig. Aber das Leid, an dem man teilnehmen soll, muss einem im Kindesalter deutlich vor Augen gestellt werden, etwa im Bild eines verletzten Tieres. Es darf sich nicht erst erschließen, wenn man sich zuvor in die komplexe Situation des Leidenden hineinversetzen muss. Der unbefangene Blick eines Kindes sieht eine solche Art von Leid nicht. Und deshalb verging mein Leben in unmittelbarer Nähe der vielen Flüchtlinge zunächst einmal so, dass ich ihre beengte und von vielen Zurücksetzungen verwundete Existenz nicht sah, ja diese als den durchaus nicht unglücklichen Normalfall des Lebens betrachtete. Wenn sie in ihren Hoffnungen und Träumen an einem anderen Ort waren, in ihrer verlorenen Heimat, so war ich es auch – etwa im Unterricht, in den Träumen, die auf ein Ende der endlos sich hinziehenden Schulstunden hingingen und auf das Spielen im Hof der Friedrichstraße und im angrenzenden kleinen Park. Die Welt war kein Paradies, das war mir schon früh klar, man musste sich darin einrichten, seine Ansprüche zurückschrauben und sich an den alltäglichen Dingen freuen.

So meine ich im Nachhinein, in der Friedrichstraße gelernt zu haben, dass schon das kleine Glück, das in einem guten Essen und Trinken besteht, den Menschen in der Fremde schnell heimisch werden lässt und dem Flüchtling das Gefühl geben kann, angekommen zu sein. Gehungert hat in unserem Haus niemand, im Gegenteil – es gab Nachbarn, aus deren Küchen es immer wieder einmal wunderbar nach Braten roch, oder an deren Tischen ich saß und Wurststücke in einer Dicke und Reichlichkeit heruntergeschnitten bekam, die an unserem Tisch undenkbar, ja verboten waren. In meiner Erinnerung herrschte eine bodenständige Fröhlichkeit unter unseren Nachbarn, die mir einen Eindruck davon vermittelte, wie schnell der Mensch, der ein Dach über dem Kopf hat und ein Feuer im Herd, den Ort, an dem er lebt, als seinen Platz in der Welt akzeptiert.

Später lernte ich die philosophischen Spekulationen über die Möglichkeit anderer denkbarer Welten kennen und habe nie einen Zugang dazu gefunden. Mir ging es wie dem schon erwähnten Filmkomiker Woody Allen, der sich über solche anderen Welten vielerlei Gedanken machte, der realen Welt aber immer deshalb den Vorzug gab, „weil man nur hier ein vernünftiges Steak bekam“. Ähnlich real war meine Welt in der Friedrichstraße (auch wenn ich das Wort „Steak“ erst nach dem Umzug in das große Haus in der Comeniusstraße kennengelernt habe). Es war eine Realität, in der alles einfach nur so war, wie es war, und die es unnötig machte, über andere Realitäten zu spekulieren.

Mir ist natürlich bewusst, dass meine ersten Eindrücke aus der Kinderzeit unvollständig und fehlerhaft sind, aber es hat sich in ihnen doch bereits ein Eindruck verfestigt, der heute noch im Wesentlichen derselbe ist wie damals: das natürliche Gleichgewicht, das entsteht, wenn man die Menschen ihre Angelegenheiten in einer gewissen Freiheit selbst regeln lässt, tendiert zu einem Zustand von Glück und Gerechtigkeit. Das Unglück dagegen kommt durch fremde Einflüsse von außen. In der Friedrichstraße waren das der Alkohol und der oft damit einhergehende Loderzorn der Menschen, beides lernte ich bei einigen Nachbarn aus der Nähe kennen. Aber ein grundlegendes Unrecht in der Welt habe ich nicht sehen können und habe später auch immer instinktiv gezweifelt, wenn ich auf Menschen traf, die gegen dieses „Unrecht in der Welt" kämpfen wollten.

UNTER JUNGEN

Die Mädchen waren in der Überzahl in unserem Haus, ich werde noch davon berichten. Ihre starke Präsenz gefährdete aber niemals meinen Entschluss, mein eigenes Geschlecht als das für mich passendere anzusehen, in einem unbewussten Akt der Selbstannahme. Ja, ich empfand es zunächst auch als angenehmer als das weibliche, was dazu führte, dass ich mich in der Freizeit aber auch in der Schule weitestgehend mit Jungen umgab. Gefördert wurde dieses halbmönchische Leben dadurch, dass während meiner neun Jahre im Gymnasium unsere Schule eine reine Jungenschule war. Und schon vorher achtete während der vorangehenden vier Grundschuljahre Frau Rother, auch von ihr wird noch berichtet, durch eine strenge Sitzordnung darauf, dass die Geschlechter getrennt blieben. Ich habe entsprechend 13 Jahre lang nie ein einziges Mal neben einem Mädchen in der Schulbank gesessen.

Die Trennung von den Mädchen erzeugte in uns Jungen einen dunklen Reiz, den man heute nach dem Wegfall vieler Trennlinien nicht mehr wieder heraufbeschwören kann. Weil sie etwas grundsätzlich Anderes waren als wir, hatten die Mädchen Zugang zu einer eigenen Welt, einer möglicherweise sehr schönen Welt, die uns Jungen verschlossen und rätselhaft war. Dass diese Welt mit Puppen und deren ausgeschmückten Stuben zu tun hatte, war nur ein geringer Teil der Wirklichkeit, er war nicht einmal die wirkliche Tür dorthin. Die Welt der Mädchen erschien als ein Rätsel, und im Vergleich mit ihr lag das Leben der anderen Jungen offen vor mir wie ein aufgeschlagenes Buch. Entsprechend einfach war es, sich nur mit Jungen zu umgeben, ihre oft derbe Sprache zu lernen, hinter ihre meist nur schlecht behüteten Geheimnisse zu kommen.

Das Rätsel blieb, auch als die Mädchen mit stärkerer Kraft in meinem Leben traten, mir in glücklichen Momenten ihre besondere Zuneigung, ja ihre Liebe schenkten. Umgekehrt erweckten sie aber auch bei mir Liebe, sie forderten sie und wollten meine Aufmerksamkeit und Zeit haben.

Wie gut war es da, dass mir der Rückzug in reine Männergesellschaften ein Leben lang immer möglich war und dass ich ihn auch immer wieder genutzt habe. Das archaische Wesen solcher Männerrunden kann man auch heute noch in den Momenten spüren, wenn bei einer Einladung in eine türkische Großfamilie die Tafel aufgehoben und die Männer zum Tee an einen Nebentisch geladen werden, während die Frauen einige Dinge in der Küche zu erledigen haben. Ganz unabhängig vom moralischen Urteil über die hier sichtbar werdende Arbeitsteilung gibt es in diesen Augenblicken der Geschlechtertrennung in meinem Herzen immer wieder einen kleinen Impuls, der mich etwas entspannter werden lässt und mich sozusagen in einen "Modus" versetzt, der den Grundstrukturen meines Innern besser entspricht. Der andere Modus ist der kompliziertere. Es ist derjenige der Brautwerbung, in welchen ich in Gegenwart von Frauen, einer inneren Verpflichtung folgend, offenbar immer aufs Neue verfallen muss.

Natürlich kann man mir an dieser Stelle eine übersteigerte Sexualisierung vorwerfen, von der ich allerdings meine, ebenso weit entfernt zu sein wie jeder andere durchschnittlich triebhafte Mensch auch. Vielleicht ist es nur so, dass sich der Umgang mit den vielen Jungen bei mir so ausgewirkt hat, dass ich ihn als den entspannten Normalzustand ansehe, während der Umgang mit Mädchen und Frauen mich in einen Zustand versetzt, den ich erst später hinzugelernt habe und der mir von daher nicht vollkommen natürlich zu sein scheint.

Was haben wir als Jungen gemacht? Im Zentrum stand sicherlich die Beschäftigung mit einem Ball, in der Regel einem Fußball. Hinter unserem Garten war ein kleiner unbefestigter Platz mit ein paar Schuppen oder Garagen, auf dem fünf oder sechs kleine Jungen bequem zwei Mannschaften bilden und gegeneinander spielen konnten, wobei zwei Zaunpfähle und ein Stück Maschendrahtzaun des Gartens das Tor bezeichneten. Dieses eine Tor musste genügen, denn auf zwei Tore zu spielen schied aus mehreren Gründen aus. Der wichtigste war die Kippe aus Bauschutt, die hinter den Schuppen recht steil abfiel und es sehr mühsam machte, einen dort herab gerollten Ball über 30 oder 40 m sandigen Schutt zu holen und wieder nach oben zu bringen. Zwar war das Spiel auf nur ein Tor mit vielen Ungerechtigkeiten verbunden - der Außenstürmer, der sich geschickt bis in den Strafraum vorgekämpft hatte und nun seinem dicht vor dem Tor stehenden Mitspieler den Ball zupassen wollte, musste es oft erleben, dass ein in der Nähe stehender Gegenspieler den Pass erwischte und selbst das Tor machte - aber der Platz war begrenzt, die Anzahl der Spieler auch und die Möglichkeiten für ein etwas komplexeres Spiel sowieso. Oft war man in den armen Jahren nach dem Krieg froh, überhaupt einen Ball zu finden. Einer der Spielkameraden besaß einen echten Lederball, der aber meistens sorgfältig eingefettet im Schrank aufbewahrt wurde und nur an besonderen Tagen herausgeholt wurde. Im Alltag musste ein einfacher Gummi- oder Plastikball ausreichen, und oft war nicht nur ein Spiel, sondern der ganze Glanz, der auf einem Sommernachmittag lag, abrupt zu Ende, wenn ein solcher einfacher Ball auf dem Stacheldraht eines angrenzenden Zauns sein Leben aushauchte.

Ein Lederball-Feiertag ergab sich bereits in der ersten Schulklasse, als wir mit den älteren Schülern aus dem zweiten Schuljahr ein Klassenspiel austrugen. Es ging 7 : 0 verloren und wurde zu einer ersten großen Enttäuschung in meinem Leben. Das lag nicht an der Niederlage, auch nicht an ihrer recht schmählichen Höhe, es lag daran, dass sich das von mir über alles geliebte Spiel in der fremden Umgebung eines richtig großen Fußballplatzes so ganz anders entwickelte, als ich es mir erträumt hatte. Leider hatte uns niemand gesagt, dass die jüngeren Kinder besser nicht den ganzen Platz zum Spielen auswählen sollten, sondern auf dem halben Platz querspielen könnten. Ob dafür dann allerdings kleinere Tore zur Verfügung gestanden hätten, wage ich zu bezweifeln. Bei unserer Spielplanung auf dem viel zu großen Platz ergab es sich jedenfalls, dass alle 20 Feldspieler in einem großen Pulk hinter dem Ball herliefen und von weitem das Bild eines kleinen Bienenschwarms abgaben, über den an diesem heißen Sommertag immer eine kleine Staubwolke stand.

Meist fand der Bienenschwarm recht bald den Weg zum riesengroßen Tor der Klasse 1, in welchem ein winziger Torwart außerstande war, auch nur die einfachsten Schüsse zu parieren. Ich bekam die ganze Hilflosigkeit der Torwartrolle am eigenen Leib zu spüren, als meine Mannschaftskameraden beim Stande von 3 : 0 einige Umwechslungen beschlossen, in deren Folge ich Torwart wurde. Nachdem man fand, dass ich auf diesem Posten ebenfalls nichts ausrichten konnte, wurde ich beim Stande von 5 : 0 wieder aus dem Tor genommen und aufs Feld gestellt, wo ich in dem Schwarm der anderen Spieler eine noch verlorene Rolle spielte als im Tor.

Mein erster Ausflug in die Welt des Fußballs, die ich damals vornehmlich aus der Zeitung kannte, ein im Fernsehen übertragenes Fußballspiel habe ich in meiner Erinnerung erst mit neun Jahren, und zwar 1958 während der Weltmeisterschaft in Schweden gesehen, war gescheitert. Die Fotos von ordentlich über den Platz verteilten, in schöne Trikots gekleideten Spielern mit Torleuten, die ein solches riesiges Tor ausfüllen konnten, ließen sich nicht ohne weiteres in meine Wirklichkeit übertragen. Es fehlte, wie in vielen späteren Situationen, in denen sich das große Bild immer wieder nicht zu meiner kleinen Welt fügen wollte, an einem Übersetzer, einem Trainer und Anleiter, der mir die ersten Schritte zeigen konnte. Aber es war gut, in einer solchen Situation Freunde wie Johannes ("Hansi") Duschek zu haben, der zwar als Mitglied der Klasse 2 mein Gegenspieler war, die auf dem Platz bestehende Feindschaft aber schnell wieder vergessen ließ und mir die Ursache unserer Niederlage auf einfache Weise erklärte. Wir waren, sagte er mir, einfach alle einen Kopf kleiner und entsprechend schmächtiger als die Jungen aus der zweiten Klasse, was sollten wir da gewinnen können?

Außer dem Fußball interessierte uns am meisten das Spiel mit der unberührten Natur. Ein Cowboy zu sein oder ein Indianer, das war damals das höchste, was einen wahren Menschen ausmachte. Das lag nicht allein an den Abenteuern, die solche Idole zu bestehen hatten und die wir in den Büchern von Karl May nachlasen, sondern vielleicht noch eher an der Fähigkeit dieser Naturmenschen, mit ihrer Umgebung eins zu werden. Der Gedanke, eine Nacht in einem Zelt zu verbringen, und zwar in einem wilden Wald und nicht auf einem der zivilisierten Campingplätze, die wir in dieser Zeit durch unsere Eltern kennenlernten, jagte uns kalte Glücksschauer den Rücken herunter. Sich dem Boden gleich zu machen und lautlos an einen Feind oder an einer Beute heran zu schleichen, das gehörte sicherlich zu den bedeutendsten Fähigkeiten, die ein Mensch in seinem Leben erwerben konnte. Insofern gehörten die Spiele in dem kleinen Park einen Steinwurf von unserem Haus entfernt und später in den nahen Wäldern unseres Stadtgebietes zu den schönsten Momenten im Leben von uns Jungen.

An langen Regentagen oder im Winter bildete sich eine interessante Forscherszene in unseren Kinderzimmern, in dem wir meist zu dreien (Hansi Duschek, Harry Schneider und ich) Naturbeobachtungen auswerteten und unterschiedliche Dinge zu sammeln begannen. Harry Schneider kam eines Tages mit der Idee, sich kleine Heftchen anzuschaffen, die er, für mich zunächst unverständlich, als "Speerhefte" bezeichnete. Als das erste Heftchen auf den Tisch lag, begriff ich, dass die Serie "Späher" hieß und dazu angetan war, unsere Indianerleidenschaft in geordnete Bahnen zu lenken, etwa indem wir Ort und Zeit der Begegnung mit einem Rotkehlchen in das Heft einzutragen hatten, oder den Zeitpunkt des Anblicks einer Mohnblume am Wiesenrand

Alle diese Tätigkeiten schlossen uns von der Welt der Mädchen ab. Das galt besonders für die früh in uns erwachte Leidenschaft für das Schachspiel, von dem ich nicht sagen kann, dass ich in meiner Kinderzeit je ein gleichaltriges Mädchen kennengelernt habe, das dieses Spiel beherrschte. Was wir taten - ob Fußball spielen, Indianer sein oder Naturforscher, Schach spielen - schloss die Mädchen auf natürliche Art und Weise aus. Sie waren in der Nähe und doch ganz fern.

Später hat Harry Schneider mich über das körperliche Zusammenkommen von Mädchen und Jungen aufgeklärt, aber das ist ein anderes Kapitel und spielte in einer Welt, die erst einmal gar nicht zu unserer gehörte und entsprechend irritierend und fremd wirkte. Noch viel später im Leben ergaben sich die Männerkreise, die ich teilweise bewusst gesucht habe, indem ich mit Freunden für ein Wochenende allein verreiste, wanderte oder in Holland windsurfte, alle irgendwie als Fortsetzung dessen, was Hansi, Harry und ich in der Friedrichstraße unternommen hatten.

Zu den Themen, die Männer nur unter sich bereden können, gehören eine bestimmte Art von Witzen, die entweder zu zotig sind, um in Gegenwart von Frauen erzählt zu werden (wobei sich die Schmerzgrenze hier in den letzten Jahren gesenkt hat), oder aber die Besonderheit oder vielleicht sogar Überlegenheit der Männer auf unangemessene Weise feiern. Ich erinnere mich an eine nächtliche Feier unter Studenten, bei der eine Runde von sechs oder sieben Leuten mehrere Stunden lang bis in den frühen Morgen Witze erzählte. Belebt wurde diese Runde durch die Anwesenheit eines sehr gewandten Amerikaners, der nur einen Teil der deutschen Witze verstand und sie deshalb übersetzt bekam, was angesichts der dann oft misslingenden Pointen einen schönen zweiten Witz ergab. Der Amerikaner verfügte über einen reichen Schatz eigener Witze, die er uns in seiner Muttersprache erzählte. Einer dieser Witze endete in der Pointe, dass bei der anatomischen Untersuchung eines Mannes im Beckenbereich ein rätselhafter Knochen entdeckt wurde, den man nicht erklären konnte. Im Witz wurde dieser Knochen von irgendeinem trotteligen Wissenschaftler dem männlichen Glied zugeordnet, ich habe die Pointe wieder vergessen. Der Amerikaner wartete unser Lachen ab und sagte dann ergänzend und ganz ernst. "That proves we have a bone in there." Das bedeutet, dass wir da unten einen Knochen haben.

Mir ist diese Bemerkung als einziger Witz des ganzen Abends auf Dauer in Erinnerung geblieben. Sie erscheint mir wie ein Motto über allen Männerrunden zu stehen: es gibt ein Geheimnis hinter allen äußeren

Erscheinungen unseres Mann-Seins, und es zeigt sich vielleicht am tiefsten und rätselhaftesten, wenn es um das An- und Abschwellen desjenigen Körpergliedes geht, das uns vom anderen Geschlecht unterscheidet.

UNTER LEHRERN

Es wäre ein wenig übertrieben, wenn ich sagen würde: die Lehrer haben mich geliebt. Richtig ist aber sicherlich, dass ein Lehrer zwischen seinen Schülern ebensolche Unterschiede macht wie ein Schreiner zwischen seinen Hölzern, und da sind einige Hölzer angenehmer, die anderen weniger. Ich gehörte, wenn ich alles im Nachhinein richtig deute, zu den eher angenehmen. Das galt zuallererst und vielleicht auch unwiederholbar stark für Frau Anneliese Rother, der Lehrerin meiner ersten Volksschuljahre. Sie hat mich mit vielen guten Noten überschüttet (fünfmal "sehr gut" in der dritten Klasse, in der sonst kaum Einsen verteilt wurden) und hat mich in einer von ihr intensiv gepflegten Konkurrenz mit dem ebenfalls gut benoten Jürgen Groß laufen lassen. Im Ergebnis bewältigten wir beide am Ende der vier Jahre Grundschule die damals noch notwendige Aufnahmeprüfung für das Gymnasium ohne Probleme.

Frau Rother habe ich später noch ein paarmal besucht, da war sie weit in ihren Achtzigern und immer noch die feine, auf ihr Äußeres bedachte Frau, die sie während meiner Schulzeit gewesen war. Ich erfuhr bei diesen Besuchen von ihr, dass sie 1911 geboren war und in den Kriegsjahren ihren Mann verloren hatte, allerdings durch Scheidung, nicht durch den Tod als Soldat. Damals hatte sie wohl auch ein Kind geboren, das allerdings nur kurze Zeit gelebt hatte. In meiner Fantasie sehe ich Herrn Rother irgendwo im Osten mit einer vitalen Frau zusammenleben, einer Russin oder Tschechin vielleicht, die ihm ohne Probleme alle die Kinder gebiert, die in der Ehe mit der zarten und zerbrechlichen Frau Anneliese nicht entstehen konnten. Aber das habe ich aus Frau Rothers Erzählungen frei fortgesponnen, sie selbst hätte so etwas selbst dann nie erzählt, wenn es sich so zu zugetragen hätte.

Frau Rother war also, wie ich später erfuhr, 44 Jahre alt, als sie im Jahre 1955 unsere erste Klasse übernahm, zwölf Jahre älter als meine damals 32jährige Mutter. Ich fehlte am ersten Schultag und auch noch in den Tagen danach aufgrund eines der vielen grippalen Infekte, die damals alle Kinder plagten. Als ich dann schließlich mit etwa ein oder zwei Wochen Verspätung in Frau Rothers Klasse erschien, entstand für mich sehr bald eine im Nachhinein eigenartig erscheinende Peinlichkeit. Ich hatte nämlich Frau Rother nicht gleich zu Beginn gesagt, dass ich bereits lesen und schreiben konnte. Das hatte ich bewusst versäumt, denn ich musste fürchten, dass sie meine Fähigkeiten nicht anerkennen und mir aufgeben würde, alles Gelernte zu vergessen und noch einmal bei null anzufangen. Ich habe also zunächst nichts über meine private Vorbildung gesagt, die ich mir während zweier längerer Kinderkrankheiten erworben hatte. Ich hatte damals Scharlach und eine Nierenbeckenentzündung, je vier Wochen lang. Früher wurden solche Krankheiten noch ohne starke Medikamente behandelt und entsprechend lang abgefeiert. Die Kinder erlebten in solchen Zeiten oft erstaunliche Wachstumsschübe, ich hatte also dabei Lesen und Schreiben gelernt. Frau Rother, der ich das verschwieg, nahm mich aus dem fortgeschrittenen Schreibprogramm der anderen Kinder zunächst einmal heraus und ließ mich mit einfachen Übungen beginnen.

Ich bekam andere Hausaufgaben als die anderen Kinder, und zwar als erste, einen Esel zu malen. Das führte sogleich zu einer zweiten Peinlichkeit, denn mein Vater, der ein recht geschicktes Zeichentalent hatte, das er, der Maurermeister, später als Architekt gut einsetzen konnte, war am Abend mit dem Ergebnis meiner Malerei vollkommen unzufrieden und befahl mir, die Schiefertafel mit einem neuen Esel zu bemalen. Diesen hatte er, um mir Hilfestellung zu geben, in seinen Umrissen auf der Tafel vorskizziert. Er hatte dafür ein Stück blaue Kreide benutzt, die er von der Baustelle mitgebracht hatte, wo sie zu Markierungszwecken verwendet wurde. Die blaue Skizze sollte, so war es seine Idee, später wieder fortgewischt werden, wenn ich meine weiße Griffelzeichnung innerhalb der blauen Silhouette fertiggestellt hatte.

Der kleine blaue Esel stand recht elegant mit seinen angewinkelten Beinen auf meiner Schiefertafel, ich sehe ihn heute noch vor mir. Ich erinnere mich auch noch daran, beim Nachzeichnen leise gegen die Bevormundung durch diese Malhilfe protestiert zu haben und Bedenken bezüglich einer versuchten Täuschung der Lehrerin geäußert zu haben, als etwas Furchtbares passierte. Mein Vater wollte versuchsweise einen Teil der blauen Farbe fortwischen und bemerkte dabei, dass seine blaue Kreide sich aufgrund ihres hohen Ölanteils nicht von der Schiefertafel entfernen ließ. Beide Eltern haben sofort gemeinsam die Tafel mit allen möglichen Mitteln gewaschen und geschrubbt, mein weißer Griffel-Esel verschwand wieder und musste später erneut aufgetragen werden - aber sein blauer Kollege war auch am nächsten Morgen noch deutlich als Schatten hinter meinem Tier zu sehen.

Jetzt, wo ich diese Erinnerung aufschreibe, wird mir klar, dass diese gemeinsame Malerei sich logisch einordnet in eine quälende Reihe von erfolglosen Kooperationen zwischen meinem Vater und mir. Die Unmöglichkeit miteinander zu arbeiten hat sich im späteren Leben fortgesetzt und unser Verhältnis bis zum Ende belastet. Ich habe mit meinem Vater nie erfolgreich und auch nie erfreulich zusammenarbeiten können. Der kleine blaue Esel steht als eine Art Wappentier über diesem Missverhältnis.

Am nächsten Tag hat Frau Rother die blauen Schatten auf der Tafel gnädig übersehen. Möglicherweise habe ich auch ein Geständnis abgelegt, die Lehrerin in meine Not einbezogen und ihr die ganze misslungene und für mich unerfreuliche Aktion gestanden. Noch Wochen später waren blaue Spuren auf der Tafel zu sehen, und ich glaube, dass nur ein Sprung in der Tafel mir nach längerer Zeit das Recht verschaffte, eine neue und nun endlich wieder jungfräulich saubere Tafel zu erhalten.

Dass ich bereits lesen und schreiben konnte, habe ich erst einen oder zwei Tage später gestanden, möglicherweise ist meine Mutter sogar eigens dafür mit mir in die Schule gegangen, um die Umstände meiner verschiedenen Krankheiten und der damit verbundenen Lernfortschritte zu erläutern. Meine Mutter hatte Mitleid mit mir, als sie mich am zweiten Tag dabei beobachtete, wie ich missgelaunt die ganze Tafel voller Spazierstöcke malte, Vorübung für den in Schreibschrift linken Teil des sogenannten "scharfen S", also des "ß". Das war nun wirklich keine Aufgabe für jemanden, der bereits alle 26 Buchstaben des Alphabetes kannte. Und irgendwie wurde ich dann von den Spazierstöcken befreit und konnte mich ab dann also literarisch frei betätigen, wenn man das so sagen kann.

Frau Rother brachte mich, wie bereits erzählt, von Anfang an in Konkurrenz zu meinem Mitschüler Jürgen Groß. Das Prinzip dieses Spiels hat sie mir bei einem der späteren Besuche erläutert. Konkurrenz war ein wichtiger Teil Ihrer pädagogischen Anreize, daran lag ihr viel. Leider begriff auch mein um keine Tricks verlegener Vater das Spiel und spielte es recht bald mit. "Was hat der Jürgen Groß?" fragte er, wenn ich mit einer "Zwei" nach Hause kam. Oft musste ich wahrheitsgemäß berichten, dass der nach meinem Eindruck im Gegensatz zu mir grenzenlos ehrgeizige Jürgen besser gewesen war und eine „Eins“ hatte. Ich musste also hilflos zusehen, wie meine "Zwei" einem Entwertungsprozess unterzogen wurde.

Frau Rother hielt für die ganze Klasse eine Tabelle mit den erreichten Noten vor, getrennt nach Mädchen und Jungen, und ordnete sie beständig neu um, so dass jedes Kind jederzeit wissen konnte, welchen Tabellenplatz es gerade einnahm. Aber nicht nur das - nach diesem Tabellenplatz wurde man auch im Klassenraum platziert, und zwar so, dass Nummer eins vom Lehrer aus gesehen in der hintersten Reihe rechts war und entsprechend der schlechteste Platz in der vordersten Reihe links am Mittelgang. Das galt für die Jungen, bei den Mädchen war der schlechteste Platz an der Tür. Lange Monate habe ich den ersten Platz einnehmen können, bin dann aber auch gelegentlich einen Platz zur Seite gerutscht, um Jürgen Groß für eine gewisse Zeit die Tabellenspitze zu überlassen. An den tiefsten Ausrutscher, einen Platz vier, kann ich mich noch präzise erinnern, und zwar an die vollkommen ungewohnte Position am Mittelgang und in der Nähe der Mädchen (bei denen die tugendhafte Marlies Wichelhaus, die Tochter eines Polizisten, unangefochten über vier Schuljahre an erster Stelle verharrte). Ich erinnere mich, sehr dafür gekämpft zu haben, recht bald wieder auf Platz eins zu landen.

Bei meinen späteren Besuchen hat mir Frau Rother erzählt, dass sie meine im Vergleich zu Jürgen Groß etwas schusselige Art lieber gehabt hat als die korrekte, jederzeit mit gespitzten Bleistiften und tadellos glatten Papier ausgestattete Arbeitsweise des Kameraden, der später im Gymnasium Klassenbuchführer wurde und diesen Posten bis zum Abitur nicht wieder aus der Hand gab. Irgendwie hat sie mit einem koketten Augenaufschlag gesagt "aber wie Sie es gemacht haben, war es doch netter, oder?" und ich bin mit dem Bewusstsein nach Hause gegangen, dass sie mir damals in den ersten Schuljahren ein kleines Stück von der Liebe geschenkt hat, die eigentlich das im Krieg verstorbene Kind erhalten sollte.

Später habe ich allerhand Theorien über Lehrer gehört, sie bildeten in der Pädagogen- und Pastorenfamilie meiner Mutter einen fortwährenden Gesprächsstoff. Eine der Theorien besagte, dass die besten Lehrer in Zeiten wirtschaftlicher Not heranreifen, weil in solchen Zeiten hochqualifizierte Leute nicht von der sie besser bezahlenden Wirtschaft abgeworben werden. Meine Lehrer, auch später im Gymnasium, hatten sich überwiegend während des Krieges oder kurz danach für ihren Beruf entschieden und hätten tatsächlich in besseren Zeiten wirtschaftlich attraktivere Berufe ergreifen können. Ich habe mich bei vielen von ihnen darüber gefreut, dass sie sich gegen solche Möglichkeiten entschieden haben und für ihren Beruf als Lehrer, weil ich die segensreiche Wirkung ihrer Arbeit am eigenen Leib spüren konnte. Eine Zeit lang wäre ich sogar gerne selbst Lehrer geworden und habe später immer wieder den jungen Leuten, die eine Entscheidung für ihren Beruf treffen mussten, gerne auch den Lehrerberuf empfohlen, den ich für einen der ehrlichsten Berufe der Welt halte, wenn man ihn mit einem redlichen Herzen betreibt.

Im Gymnasium habe ich an die vielen guten Noten, mit denen mich Frau

Rother verwöhnte, nicht anknüpfen können. Das hatte vielleicht etwas mit meinem Vater und mit Jürgen Groß zu tun, der auch im Gymnasium mein Klassenkamerad wurde. Man gewöhnt Eltern und Angehörige schnell an gute Noten und bekommt dann am Ende nicht einmal für eine Serie von "sehr gut" eine angemessene Belohnung. Das führt bald zu der Erkenntnis, dass man sich besser auf das "befriedigend" als Normalnote einpendelt und dann schon für ein einfaches "gut" belohnt und für ein gelegentliches "sehr gut" gefeiert wird. Voraussetzung ist leider, dass man keinen Jürgen Groß im Nacken hat, der immer eine Note besser liegt. Da helfen dann auch keine Noten-Strategien.

Im Gymnasium wuchs ich in eine Welt hinein, die mir in meinem Elternhaus verschlossen gewesen war. Das war allerdings nicht die Welt der Naturwissenschaft, die auf unserem "Städtischen naturwissenschaftlichen Gymnasium" in hoher Qualität gelehrte wurde, sondern die Welt, die sich in den Fächern Deutsch, Religion und später Philosophie auftat. Schon früh war ich ein begeisterter Leser gewesen, hatte als erstes Buch Johanna Spyris "Heidi" schon vor der Schulzeit verschlungen, Daniel Defoes "Robinson Crusoe" dann gleich zu Beginn des ersten Schuljahres. Nun war es wunderbar, mehr über die klassischen Schriftsteller und ihre Gedichte und Bücher zu lernen.

Am eindrucksvollsten geschah das bei Studienrat Richard Genthin, den wir in der Mittelstufe bekamen. "Untertertia" sagte man damals, "achte Klasse" sagt man heute. Er lehrte uns, einem Gedicht oder einer Kurzgeschichte vollkommen unvoreingenommen zu begegnen, indem er nach einem kurzen konzentrierten Schweigen zu Beginn des Unterrichtes unvermittelt mit dem Lesen begann. Man erhielt einen unwilligen Blick von Herrn Genthin, wenn man noch schnell zu fragen wagte "von wem ist das?" und bekam natürlich nie eine Antwort. Stattdessen trug der Deutschlehrer mit einer in den Tiefen wunderbar warmen Stimme, die aber weiter in der Höhe gleichzeitig auch auf eine gewisse Weise trocken und emotionslos sein konnte, wenn das gefordert war, ein neues, nie gehörtes Stück vor.

Die Auflösung - Name des Stücks und Autor - kam meist erst am Ende der Stunde, wenn das kleine Stück Literatur verklungen und eine längere Auseinandersetzung mit ihm erfolgt war.

Die liebste Erinnerung habe ich an den Tag, als Herr Genthin zu lesen begann

> *Das Rad an meines Vaters Mühle brauste und rauschte schon wieder recht lustig, der Schnee tröpfelte emsig vom Dache, die Sperlinge zwitscherten und tummelten sich dazwischen; ich saß auf der Türschwelle und wischte mir den Schlaf aus den Augen; mir war so recht wohl in dem warmen Sonnenscheine. Da trat der Vater aus dem Hause..."*

Es ist Eichendorffs "Aus dem Leben eines Taugenichts" und von dem Moment an, an dem diese Worte erklangen, habe ich Eichendorff geliebt und liebe ihn noch heute.

Im Jahr 2001 habe ich Herrn Genthin spontan mit ein paar Freunden eingeladen, den Nobelpreis für Literatur zu feiern, der in diesem Jahr an den von mir sehr verehrten V.S. Naipaul gegangen war. Für alle Gäste hatte ich kleine Abschnitte aus Naipauls Büchern ausgesucht, und jeder hat etwas daraus vorgelesen. Herr Genthin hatte zuvor nie etwas von Naipaul gehört geschweige denn gelesen, aber er hat die ersten Seiten aus "Rätsel der Ankunft" fast noch schöner vorgelesen als den Anfang vom "Taugenichts". Bei Herrn Genthin habe ich zum ersten Mal erlebt, wie ein Mensch auf völlig natürliche Weise ein tiefes inneres Verstehen von dem offenbaren kann, was er gerade vorliest.

Ich habe am Anfang gefragt, ob mich die Lehrer geliebt haben. Wenn man sie danach gefragt hätte, wäre wohl ein differenziertes und für mich nicht durchgängig schmeichelhaftes Urteil herausgekommen. Aber sie hatten alle auf ihre Weise etwas für mich, das ich schwer beschreiben kann. War es ein Stück frei verteiltes Wissen, war es ein Segen? Manchmal denke ich, ja, das war es, ein Segen!

UNTER FROMMEN

Ich bin vom ersten Tag meines Lebens an für ein Leben in einer strengen, wenn auch nicht immer in letzter Konsequenz zu lebenden Frömmigkeit erzogen worden. Es wurden mir, das machte die Sache einfach, nicht viele Alternativen dazu angeboten. Alle Menschen in meinem frühen Gesichtsfeld waren im weiten Sinn fromm. Das betraf zumindest den engeren Kreis der Familie ein. Unter den Eltern und Großeltern und aus meiner kindlichen Perspektive gesehen wohl auch unter den Onkeln und Tanten gab es niemanden, der sein Leben so führte, dass es dabei auf die Existenz Gottes nicht angekommen wäre. Alles, was diese mir nahen Menschen zu den tieferen Fragen des Lebens zu sagen hatten, schloss ganz selbstverständlich das Vorhandensein Gottes ein, daran war kein Zweifel.

Zweifel habe ich zunächst nur bei mir selbst kennengelernt, und danach, erst viel später auch bei denen, die ich zunächst für die starken Pfeiler des Glaubens gehalten hatte. Meine eigenen Zweifel waren früh vorhanden, sie erwiesen sich aber in den meisten Phasen meines Lebens als ohne große Schwierigkeiten zu ertragen. Die für mich unübersehbaren Hinweise auf eine Existenz Gottes als der "prima causa", der ersten Ursache aller Dinge, haben es mir immer unmöglich gemacht, mich als einen Atheisten oder auch nur als einen Agnostiker vorzustellen.

Nun bedeutet das nicht viel, denn der Gedanke an eine erste Ursache hilft nicht sehr viel weiter, wenn man tiefer in das große System einzusteigen versucht, nach dem sich die Dinge organisieren. Es folgt dann nämlich sogleich die Schwierigkeit, von der „prima causa“ aus ein sinnvolles Gedankengebäude zur Erklärung der Welt zu finden, und wenn nicht der Welt, so doch des eigenen, kleinen Lebens darin.

Ein Mittel zur Sinnstiftung lernte ich früh. Ernst Jünger hat es so beschrieben: "Das Gebet bestätigt die Ordnung der Welt", und hat damit die fromme Handlung gleichgesetzt mit der Zustimmung zu einem vorgegebenen Zustand, der zwar vordergründig als ungeordnet erscheinen mag, aber in einem tieferen Sinn doch als sinnvoll und geordnet anzuerkennen ist. Mit dieser Ordnung wurde ich ganz früh bekannt gemacht. Schon die ersten Gebete meines Lebens, abends am Bett mit der Mutter, dienten dazu, sich einer ruhigen und sicheren Welt zu vergewissern und anzubefehlen, bevor man in das für Kinder ja oft Angst machende Reich der Nacht und der Träume hinabstieg.

Noch heute gelten meine letzten Gedanken vor dem Einschlafen regelmäßig Gott. Zwar habe ich mir abgewöhnt, in meinem Kopf stille Gebete zu formulieren. Meine Gedanken kamen bei solcherlei Übungen allzu sehr ins Kreisen und schweiften immer wieder ab. Eines Tages kam mir die schreckliche Vorstellung, Gott könne alle diese krausen Gebete auf ein Tonband aufzeichnen und mir eines Tages im Himmel unter dem Gelächter der Engel vorspielen. Seither nenne ich meine Nachtgedanken nicht mehr „Gebet“, aber sie kreisen weiterhin um eine Vorstellung von Gott.

Wenn ich trotzdem kindliche Zweifel gehabt habe, dann müssen sie schon sehr früh bestanden haben, denn ich erinnere mich an ein Frühstück vor dem Weg in die Grundschule, die damals Volksschule hieß, an dem ich mir still in meinem Inneren aber mit äußerster Energie die Worte wiederholte „es gibt Gott, es gibt Gott, es gibt Gott“. Zu meiner Überraschung entstand nach diesem drängenden Gebet über eine längere Zeit eine tiefe Sicherheit, an der ich mich freute. Später wich sie wieder den üblichen Zweifeln. Diese gründeten sich im Wesentlichen wohl darauf, dass Gott nicht in direkter Rede zu mir sprach, wie er das in der Bibel auf immer neue Weise mit seinen vertrauten Leuten tat.

Die Welt Gottes in meinem Inneren erwies sich für mich als eine stumme Welt, in welcher Gott selbst niemals das Wort ergriff und in der man, um ihn zu hören, auf seine eigene innere Stimme oder auf die Stimme seiner Vertreter hier auf Erden angewiesen war. Meiner eigenen inneren Stimme habe ich selten vertraut, mein Kopf ist beständig in einer sehr lebhaften Wahrnehmungs- und Denktätigkeit, da redet sozusagen alles durcheinander, und es ist unmöglich, im Gewirr dieser Stimmen die Stimme Gottes zu hören. Was die Stimme seiner Vertreter betrifft, so habe ich darauf allerdings oft und gerne gehört, habe natürlich aber auch im Laufe eines langen Lebens als Kirchgänger die Technik entwickelt, mit Gleichgültigkeit oder manchmal auch mit Entschiedenheit wegzuhören.

Zu meiner Freude habe ich aber schon bald entdeckt, dass es noch eine dritte Stimme gibt, der ich mich zunehmend verschreiben konnte: der Stimme heiliger Bücher. Das ist in erster Linie natürlich die Bibel mit allen ihren Teilen, ihren Übersetzungen und Fußnoten. Aber es sind auch die Bücher gottesfürchtiger Menschen, die im Ringen mit der Bibel und ihrer Bedeutung für ihr persönliches Leben zu christlichen Vorbildern für mich geworden sind. Hier habe ich gelernt, dass es selbst unter den scheinbar kritischen Betrachtern viele fromme Leute gibt. Offenbar hat die Bibel eine prägende Kraft, die auf Dauer selbst solche Menschen dazu zwingt, ehrlich mit der Bibel zu ringen, die sich ihr zunächst kritisch oder sogar mit einem überheblichen Vorurteil genähert haben.

Nun hat mich ganz allgemein das Lesen von Büchern von der Zeit an in den Bann geschlagen, in der ich lesen lernte, ich erzählte schon davon. Deshalb ist es naheliegend für mich, Gott nicht vornehmlich in der Schönheit der Natur, auch nicht in der Musik, nicht in der Feierlichkeit eines Gottesdienstes oder der Menschlichkeit einer warmherzigen Gemeinschaft zu suchen - obwohl ich dies alles ebenfalls kenne - sondern im Studium seiner Bücher. Es waren immer besonders schöne Tage in meinem Leben, wenn ich mich in der Vorbereitung auf eine Laienpredigt vollkommen auf ein Stück der Heiligen Schrift konzentrieren und mich mit Bibelausgaben, Konkordanzen und

Kommentaren umgeben konnte, die über mein Zimmer verstreut waren wie Hühner in einem Stall. Irgendwann habe ich gelesen, dass jeder Mensch einen eigenen, persönlichen Zugang zu Gott hat, und ich habe seither ohne schlechtes Gewissen diesen Zugang vornehmlich über die Bücher gesucht und es anderen überlassen, beim Anblick eines Sonnenaufgangs „How great thou art“ zu singen.

Meinen Vorbildern im Glauben, den Eltern und Großeltern, bin ich für ihre Überzeugtheit dankbar. Ich bin mittlerweile sehr sicher, dass ihre nach außen so starke Gewissheit sie nicht in allen ihren Lebensphasen durchgetragen hat, dass sie alle genau wie ich ihre Zweifel gehabt haben müssen. Aber ich bin froh, dass ich zunächst einmal in der sicheren Umgebung einer scheinbar zweifelsfreien Welt aufwachsen durfte. Es ist mit einer solchen Welt gerade so wie mit der Schule, in der man die klaren und unumstößlichen Regeln lernt, nach denen die Dinge sich ordnen, und in der man noch nichts davon weiß, wie sehr das Leben außerhalb der Schule alles wieder durcheinanderbringt.

Über meinen Vater, für den die Bibel und der sich daran orientierende Kosmos das ordentlichste Gemeinwesen war, das man sich vorstellen konnte, kann ich mit einer gewissen Bewunderung sagen, dass er seine Überzeugungen nicht nur uns Kindern predigte, sondern der ganzen Welt. Dabei erfuhr man von ihm oft mehr, wenn man ihm in die Welt folgte, etwa zu den vielen Diensten als Laienprediger, zu denen er im Umkreis unsere Stadt bei den unterschiedlichsten Freikirchen und Gemeinschaften eingeladen war. Dort entwickelte er sich mehr und mehr zu einem lebendigen und gefragten Redner. Am Tisch unseres Hauses herrschte dagegen eher ein farbloser Alltag. Der Vater las uns mittags und abends einen Abschnitt aus der alten Elberfelder Bibel vor und betete dann auf immer gleiche Weise für einige Freunde und Verbündete – „Muhl, Meyer, Heller, Siebel, Siepmann, Jütt und die Versammlungen in ihren Häusern“. Er schloss ebenso gleichförmig jeweils mit „und wir loben und preisen deinen Namen“.

Dieses Gebetsende habe ich, ohne es je ganz zu verstehen, auch für die Tischgebete mit meiner eigenen Familie übernommen und freue mich an der etwas rätselhaften Öffnung in die jenseitige Welt, die durch die Erhebung des Gottesnamens entsteht, wobei ich mich nie entschieden habe, welcher Name hier konkret zu nennen wäre. Am ehesten wäre es wohl der heilige und den Juden unaussprechliche Gottesname, aber auch das vertraute „Vater", das Jesus uns zu beten gelehrt hat, ist denkbar.

Die Lebenspredigt meines Vaters enthielt als Kern die schlichte Nennung des Gottesnamens: man muss nicht mehr tun, als den Namen Gottes anzurufen, um gerettet zu werden, und das ist eigentlich das einfachste von der Welt. Im Propheten Joel (Kapitel 3,5) steht es so, und die Aposteln Petrus (in Apostelgeschichte 2,21) und Paulus (im Römerbrief 10,31) wiederholen es wörtlich. Diese Botschaft von dem einfachen Weg zu Gott hatte mein Vater auch in ein schönes Bild umgesetzt, das er 1963 beim Einzug in unser neues, großes Haus in der Comeniusstraße mit einiger Mühe besorgt hatte. Es ist eigentlich kein Bild, sondern ein eisernes Relief, das rechts den gekreuzigten Christus und links eine ebenfalls an einem Kreuz aufgehängte Schlange zeigt - die „eherne Schlange", die Moses in der Wüste aufhängen ließ (4. Mose 21,8), um alle Israeliten, die ihren Blick auf diese Schlange richteten, von den tödlichen Schlangenbissen einer plötzlich ausgebrochenen Plage zu heilen. Das Relief hing als „Kaminplatte" auf der verputzten Außenseite unseres offenen Kamins und war eine beständige Erinnerung an die Botschaft des Vaters: es braucht nur ein Wort, nur einen Blick, um Zugang zu Gottes Rettung zu finden.

Als mein Vater 70 Jahre alt wurde, habe ich in der einzigen Rede, die ich ihm zu seinen Lebzeiten gehalten habe, diese Botschaft wiederholt, und ich glaube, dass es ihm gefallen hat.

Von meiner klugen Mutter ist mir kein einziger theologischer Lehrsatz in Erinnerung geblieben, obwohl sie uns in dieser Hinsicht sicherlich nicht unversorgt gelassen hat. Das, was Sie mir zu sagen hatte, ist in tieferen Schichten meines Herzens aufbewahrt, weil es wohl in Worten gesagt ist, die ich vernommen habe, bevor ich Worte verstand. Meine Mutter wird viel über meinem Kinderbett gebetet haben, vom ersten Tag meines Lebens an. Möglicherweise hat sie schon damals, ebenso wie ich im späteren Leben, ihre Gebete im Stillen formuliert, so dass ich, wenn überhaupt, nur ihr betendes Gesicht gesehen habe. Aber es hat sich etwas auf mich übertragen, was mir auf unaussprechliche Weise bis heute bestätigt, dass es eine Ordnung der Welt gibt und dass diese Ordnung gut ist.

Später habe ich von dem etwas süßlichen Bild gehört, dass um die Betten eines Kindes die Engel stehen, „zwei zu seinen Häupten" usw., man kennt das aus dem Abendsegen der Humperdinck-Oper. Ich habe mir das nie konkret vorgestellt, es auch nicht konkret geglaubt, aber ich habe mein Leben so geführt, als ob es tatsächlich so wäre. Als es dann später eine Phase gab, in der mich einige belastende Schicksalswendungen glauben ließen, ich hätte den Engelsschutz verloren, da habe ich ihn in schlaflosen Nächten neu gesucht und mir dafür eine Ecke meines Bettes ausgesucht. Diese habe ich mir konkret als die Hand Gottes vorgestellt, in die ich mich hinein schmiegen konnte, und alles konnte wieder gut werden.

Von meiner Großmutter Lieschen, Eliese Runkel, habe ich vermutlich die Technik gelernt, mir durch eingehämmerte Worte wie "es gibt Gott, es gibt Gott" den Glauben zu vertiefen, denn auch sie liebte es, sich durch beständig wiederholte Worte wie "Gott ist treu" (und dann mit Nachdruck wiederholt: "TREU!") im Glauben zu stärken. Dabei half ihr eine solide Ausbildung durch die Evangelische Kirche, in der sie getauft und konfirmiert wurde, bevor sie nach ihrer Hochzeit in die kleine Freikirche meines Großvaters wechselte. Ich habe erst als Erwachsener von diesem Wechsel erfahren und dann auch gehört, wie sie lange Passagen des evangelischen Katechismus auswendig hersagen konnte, im schönen Luther-Tonfall „... mit aller Notdurft und Nahrung dieses Leibes und Lebens mich reichlich und täglich versorget, wider alle Fährlichkeit beschirmet und vor allem Übel behütet und bewahret; und das alles aus lauter väterlicher, göttlicher Güte und Barmherzigkeit, ohn all mein Verdienst und Würdigkeit."

Ihr Glaube machte sich vornehmlich an allerlei göttlichen Rettungstaten fest, die sie in den Wirren des Krieges und danach erlebt hatte. Am wundersam für mich war die Geschichte von den Schuhen des Großvaters, deren Sohlen über Monate nachweislich nicht verschlissen, obwohl der Großvater täglich weite Strecken zu Fuß durch bombenzerstörte Gebiete gehen musste. Zusammen mit vielen anderen Dingen des täglichen Lebens war damals für Schuhsohlen kein Ersatz zu bekommen. Aber Gott half und hielt das Naturgesetz, nach welchem Sohlen verschleißen, für eine Weile an.

Die Großeltern Runkel lebten nach dem Krieg in einem behelfsmäßig gebauten kleinen Haus ein Stück außerhalb unserer Stadt in dem Dorf Buchholzen. Dort saß der Großvater, der nicht in Rente gehen wollte und mit 72 Jahren mitten im Arbeitsleben starb, abends in seinem Sessel und las in einer großen, vom häufigen Gebrauch unansehnlich gewordenen Bibel, die in einem mit braunem Klebeband verstärkten Schuber aufbewahrt wurde. Mit seinem silbernen Vierfarbstift, den wir staunenden Kinder gelegentlich ehrfurchtsvoll benutzen durften, markierte er die wichtigsten Stellen in seiner Bibel und hatte in meiner Erinnerung buchstäblich jede Seite durchgearbeitet und mit Unterstreichungen und Notizen versehen.

Ich habe diese Bibel, die sich seit vielen Jahren in meinem Besitz befindet, noch einmal durchgesehen und finde tatsächlich auch nach längerem Suchen kaum eine Seite, auf der nicht wenigstens eine kleine Unterstreichung oder eine Notiz von ihm ist. Wenn er die Bibel in ihrem Erscheinungsjahr 1939 gekauft hat, wäre sie also bis zu seinem Tod im Jahre 1961 insgesamt 22 Jahre in seinem Besitz gewesen. In dieser Zeit hat er besonders die Evangelien und die kürzeren Paulusbriefe (mit Ausnahme des auch für mich schwer verständlichen Galaterbriefes) so häufig aufgeschlagen und markiert, dass einzelne Seiten beschädigt sind und von ihm mit Klebeband repariert werden mussten. Im Neuen Testament haben nur die beiden kurzen Johannesbriefe 2 und 3 keinen Eintrag, im Alten Testament hat er bei einigen kleinen Propheten keine Unterstreichungen vorgenommen und Hesekiel sehr viel intensiver kommentiert als Jeremias und Jesaja, dessen für mich zentralen Stellen vom leidenden Gottesknecht er bis auf eine ebenfalls nicht hervorgehoben hat. Gänzlich ohne Unterstreichung ist das Buch Prediger, und auch die Psalmen sind nur hier und da einer Hervorhebung gewürdigt. Auch hier kann ich dem Großvater verstehen, dem möglicherweise ebenso wie mir eine grundlegende Theorie für das tiefere Verständnis der Psalmen fehlte.

Sehr intensiv hat er sich mit dem Bau des Tempels beschäftigt und etwa in 2. Mose 35 und 36, die mehrfach vorkommenden Worte "jeder", "bringen", "Herz" und "Werk" hervorgehoben und ihre Anzahl am Rande vermerkt. Ich vermute, dass er über diese Stellen in seiner kleinen Gemeinde gepredigt und dort die Notwendigkeit erklärt hat, dass sich jeder von ganzem Herzen in das gemeindliche Werk einbringen sollte, so wie es der himmlische Plan vorsah. Auch für meinen Großvater wird es darum gegangen sein, Gott in irgendeiner Weise real hören zu können, und auch für ihn war das geschriebene Wort offenbar die klarste Botschaft Gottes an die Welt.

Es war nicht die Sache meiner frommen Verwandten, innere Eingebungen oder Visionen zu haben. Sie hätten es vermutlich sogar abgelehnt, gegenüber ihrer Umwelt als Propheten zu gelten, die in tiefe Gebete versanken und dann Worte der Weisheit vernahmen. Für diese Bescheidenheit in spirituellen Dingen gab es vielleicht den einfachen säkularen Grund, dass ihr ganz praktisches Leben als Christ durchaus nicht immer mit den besten Noten zu bewerten war. Das zeigte sich unter Anderem im Fehlen eines durchgängigen häuslichen Friedens. Es gab überall ein gelegentlich aufflackerndes Missverhältnis mit den Ehepartnern, mit denen sie, für uns Kinder durchaus ersichtlich, nicht immer in vollkommenem Einvernehmen lebten. Hätte man die Eltern und Großeltern einzeln danach befragt, was am Ehemann oder an der Ehefrau noch unvollkommen und von Gott dringend zu korrigieren sei, so hätten sie alle sehr beredt Antwort gegeben. Schon von dieser Unvollkommenheit her war es für alle wohl am einfachsten, ihre Frömmigkeit durch das Studium der Bibel zu nähren und nicht etwa durch herausgehobene Exerzitien, in denen man unter Anleitung eines

Geistlichen seine Sünden bekannt und Missverhalten aufgearbeitet hätte.

Später habe ich gehört, dass ein kluger Mann ein Christentum, das vornehmlich in Bibelstudium und Gottesdienstbesuch aufgeht, als „körperlos“ kritisiert hat. Es sei eine bloße Religion des Kopfes, die für das praktische Leben des restlichen Leibes wenig Bedeutung habe. Das kann ich so nicht bestätigen, weil Eltern und Großeltern ganz offenkundig immer wieder Taten der Nächstenliebe vollbrachten, doch sehe ich gerade bei meinem Vater ein gewisses Überhandnehmen der Bibelkenntnis gegenüber einer vernachlässigten Menschenkenntnis, was seine allernächsten Angehörigen betraf. Ich verspürte es am eigenen Leib, sah es aber besonders bei meiner Mutter in ihren letzten Lebensjahren, in denen sie geistig verwirrt und von der Welt zurückgezogen in einem Heim gepflegt wurde. Diese Jahre waren nach meinem Eindruck auch davon überschattet, dass sie die enorme Bibelfrömmigkeit meines Vaters und seine im krassen Gegensatz dazu oft grobe Rücksichtslosigkeit ihr gegenüber wie zwei Seiten einer gespaltenen Persönlichkeit gesehen haben muss, die sich für sie nicht mehr zu einem einheitlichen Bild zusammenfügen ließen. Ich vermute, dass Ihr heller Verstand diese Fragen immer und immer wieder bewegt hat, ein Leben lang, und dass dieser Verstand irgendwann einmal sozusagen wie ein defektes Rad von der Felge gesprungen ist und den Dienst versagt hat.

Trotzdem möchte ich keinem meiner Vorfahren in irgendeiner Weise einen einzigen Millimeter ihres Glaubens absprechen, ja, ich bin ihnen allen für ihre jeweilige Ausprägung des Glaubens, die sie mir vorgelebt haben, dankbar. Ich sagte schon, dass man als Kind ein ideales Regelwerk lernt, welches sich später nicht in allen Teilen auf die reale Lebenswirklichkeit anwenden lässt. Aber ganz ohne ein solches Regelwerk ist es sehr schwer, seinen Weg durch die Welt zu finden.

UNTER ARBEITERN

So wie ich geschrieben habe, dass ich unter Flüchtlingen aufgewachsen bin, könnte ich in ganz ähnlicher Weise davon erzählen, wie ich die ersten 14 Jahre meines Lebens in einem Arbeiterviertel gelebt habe. Auch hier habe ich zunächst einmal gar nicht bemerkt, dass Arbeiter, die damals sicherlich die Mehrheit der Bevölkerung bildeten, etwas Anderes waren als der Rest der Menschen. Erst sehr viel später, als ich beruflich mit der Abrechnung von Löhnen und Gehältern zu tun bekam, habe ich den harten Schnitt verstanden, der durch den Unterschied zwischen einer Abrechnung nach Stunden und einem festen Monatsgehalt entsteht. Der Lohnempfänger muss seine Stunden aufschreiben und abrechnen, während der Gehaltsempfänger Monat für Monat denselben Betrag erhält. Das trennt den Arbeiter vom Angestellten, jedenfalls hat man das in den mich prägenden 60er und 70er Jahren noch so gesehen.

In der Wirklichkeit war der Unterschied nicht immer besonders groß. Die Betriebe hatten ja dafür zu sorgen, dass die Arbeiter acht Stunden am Tag beschäftigt waren und dies selbst dann, wenn es an Arbeit fehlte. Umgekehrt konnten die Gehaltsempfänger gelegentlich Überstunden abrechnen, was sie dann in gewisser Weise zu Arbeitern machte.

Die Übergänge erschienen mir fließend zu sein, außerdem sagten sie über den Wert der jeweiligen Tätigkeit nichts aus. Diese Anschauung war sicherlich auch Resultat der Erziehung meiner Eltern, die uns Kindern jeglichen Dünkel gegenüber Leuten, die ärmer waren als wir, von vornherein streng verboten haben. Das war allerdings auch für das Überleben in unserem Viertel notwendig, denn an einer Reihe von

Dingen war abzulesen, dass es uns in der Erdgeschoßwohnung der Friedrichstraße 76 mit dem Anbau hinter dem Haus und dem kleinen eigenen Garten sehr viel besser ging als allen unseren Nachbarn. Allein der Anbau machte aus den 40 oder 50 Quadratmetern Wohnfläche, die den anderen zur Verfügung standen, etwa 80, was in den kargen Nachkriegszeiten ein erheblicher Luxus war. Außerdem hatten wir Telefon, als einzige Familie weit und breit, was regelmäßig dazu führte, dass Leute über uns die Polizei oder den Krankenwagen alarmierten. Und schließlich hatten wir eines der wenigen Autos in der Straße. Meine Spielkameraden erzählten mir dann auch noch im Sandkasten, die Firma meines Großvaters sei die größte Bauunternehmung der Stadt. Aber wenn ich dann zu meinem Vater ging und fragte, ob das richtig sei, verneinte er die Frage und nannte den Namen einer anderen Firma, die größer sei als unsere.

Nein, wir sollten bescheiden sein, das passte auch am besten zu dem milden Bild von Jesus, das uns im Kindergottesdienst, der "Sonntagsschule", vermittelt wurde. Und es öffnete uns Kindern viele Türen bei den Nachbarn, in deren vielleicht in mancherlei Hinsicht einfacheren Wohnungen wir uns mit großer Natürlichkeit zu bewegen lernten und dort unter anderem auch die Regel beachteten, dass alles, was auf den Tisch kommt, auch gegessen wird. Ich bin froh über diese Erziehung, denn sie hat mir bis heute einen unproblematischen Zugang zu den unterschiedlichsten Menschen ermöglicht, auch was die Erzeugnisse ihrer Küchen betraf. Ich habe sie immer ohne zu zögern und oft mit großem Genuss mit ihnen geteilt, wenn sie es mir anboten.

Ich habe später Menschen kennen gelernt, die genau umgekehrt erzogen wurden und gelernt hatten, durch winzige Gesten sogleich eine Distanz zu den Menschen in ihrer Umgebung herzustellen. Sie gingen wie kleine Prinzen durch die Welt und erwirkten sich dadurch oft genug auch die Sonderbehandlung, die ihnen offenbar zustand. Der Schriftsteller Thomas Mann, ein kleiner bürgerlicher Prinz von Geburt an, hat einmal erzählt, er sei mit demr Vorstellung durch die Straßen gegangen, ein königliches Kind zu sein und habe entsprechend die

Menschen um sich herum huldvoll angeblickt und den einen oder anderen vielleicht auch mit einer kleinen königlichen Geste gegrüßt. Zu seiner Überraschung hätten die Menschen ihn offenbar verstanden und akzeptiert und hätten immer wieder auf ähnliche Weise dankbar zurück gegrüßt.

Ein solches Verhalten ist mir fremd, auch wenn ich an meinem Geburtstag gelegentlich das Gefühl bekomme, es würden alle Menschen von diesem für mich so erfreulichen Tag wissen und mich entsprechend privilegiert behandeln. Aber ich kenne auch das umgekehrte, ebenfalls angenehme Gefühl, sich in den Schutz einer anonymen Masse zu stellen und die "Wonnen der Gewöhnlichkeit" zu genießen.

Im späteren Leben habe ich natürlich beruflich ganz unmittelbar mit Arbeitern zu tun gehabt. Ich denke, dass es mir immer wieder gelungen ist, ihre Sprache zu sprechen und mich dabei nicht selbst zu verleugnen. Ich habe mir während meiner Schulzeit immer wieder gewünscht, die deutsche Sprache in allen Verästelungen zu lernen und zu beherrschen, dabei aber niemals den näselnden Tonfall der Intellektuellen anzunehmen, welche ihre mit Fremdwörtern gespickte Hochsprache dazu benutzten, eine Art von Überlegenheit herzustellen.

Ich las bei meinem Onkel Johannes regelmäßig "Das Beste aus Reader's Digest" und ging dort besonders gern zur Spalte "Erweitern sie ihren Wortschatz". Mein Ziel dabei war es immer, die neuen Worte verstehen zu lernen, sie aber für mich selbst zu vereinfachen und anstelle eines Fremdwortes eine andere Möglichkeit des Ausdrucks zu finden (um also hier einmal das Wort "Alternative“ zu vermeiden).

Viel später noch begegnete ich einem Aristoteles-Zitat, das sagte "Denke wie ein weiser Mann, sprich wie ein einfacher Mann." Dieses Wort war undeutlich in mir vorhanden, noch bevor ich es dann also von Aristoteles hörte.

Vielleicht gab es in mir aber auch einen gewissen Hochmut den einfachen Leuten gegenüber. Ich wollte ihr Berater werden, ihr Lehrer, vielleicht sogar eines Tages ihr Anführer. Sie sollten mich brauchen.

Auch dieses Anführer-Sein steckte in unserer Erziehung, wenn auch eher unterschwellig. Die meisten Verwandten waren in der einen oder anderen Weise "Anführer" in ihrer Umgebung. Das erschien mir deshalb das natürlichste von der Welt zu sein, besonders, wenn man in der Schule bemerkte, dass man leistungsmäßig zu den oberen fünf Prozent gehörte.

Als ich dann zum ersten Mal wirklich selbst Arbeiter war und im Jahre 1972 für etwa sechs Wochen auf einer Baustelle der Firma Runkel Handlangertätigkeiten ausführte, habe ich mich nach meinem Eindruck perfekt an das Leben meiner Kollegen angepasst. Ich habe mit ihnen in der groben Baubude voller Zementstaub gefrühstückt und auf das mir angebotene Vorrecht verzichtet, zusammen mit dem Leiter der Baustelle, dem "Polier", und seinem Stellvertreter in der etwas besseren Baracke zu speisen. Ich habe gerne den Erzählungen des schlesischen Hilfsarbeiters Paul Rebsch zugehört, die immer alle auf die gleiche Klage hinausliefen: er habe unterm Kaiser gearbeitet, in der Weimarer Republik, unterm Führer und unter Adenauer, und überall hätte man ihm versprochen, die Arbeit abzuschaffen. Aber keiner habe sein Versprechen gehalten.

Als Zugabe erzählte er dann immer noch den Witz aus der Nazizeit, wo ein Mann in Breslauer Bahnhof laut und für alle hörbar ruft "Scheiß auf den Führer", was auf Schlesisch wie "Scheiß auf'n Vierer" klingt. Der heranstürzenden Polizei erklärte er, der Vier-Uhrs-Zug (der "Vierer") sei ihm doch gerade vor der Nase weggefahren, aber er nehme jetzt den Zug, der 15 Minuten später kommt (der "Viertel Finwer"). Scheiß auf'n Vierer - egal - I fahr mit'm Viertel Finwer. Danach ging es wieder an die Arbeit, die für Paul Rebsch im Befüllen der Speißmaschine bestand. Ihr Motorengeräusch bildete die beständige Hintergrundmusik für unsere Arbeit.

Während meiner Arbeitszeit in dem achtgeschossigen Haus, das heute Finkenholler Str. 55 heißt, näherten sich die Bundestagswahlen, bei denen Willy Brandt (SPD) mit knapper Mehrheit gegen Rainer Barzel (CDU) gewann. Meine Leute in der Baubude kündigten geschlossen an, in diesem Jahr die rechtsradikale NPD zu wählen, erzählten mir aber ebenso geschlossen nach der Wahl, als ich sie noch einmal besuchte, dass sie alle brav SPD gewählt hatten, wozu ich bei ihnen auch geworben hatte. Ihre politischen Achterbahnfahrten verstand ich als damals von der Studentenbewegung stark beeindruckter Jüngling nicht richtig, weil nach der dort vorherrschenden Lehre der konservative Springer-Verlag mit seiner Bild-Zeitung die Arbeiter CDU-lastig indoktrinierte.

Vielleicht habe ich damals angefangen, zu begreifen, dass die Möglichkeiten der Meinungsbildung, ja auch die Möglichkeiten der Werbung, der damals eine riesige Macht zugeschrieben wurde, sehr begrenzt sind. Jedenfalls habe ich die schlichten politischen Denkfiguren von Paul Rebsch und Kollegen niemals verachtet. In der Hierarchie der Baustelle standen sie außerdem alle über mir, weil ich nur zu den einfachsten Hilfsarbeiten in der Lage war, etwa dem Entfernen von Holzverschalungen, die zum Verfertigen von Betonteilen gebraucht wurden. Das geschah meist im Dunkel der bereits fertigen Geschosse, während meine gelernten Maurer oben im Licht Stein auf Stein setzten.

Es war übrigens gar nicht daran zu denken, mir ihr Handwerk einmal zumindest zeigen zu lassen. Dazu war keine Zeit. Sehr viel später habe ich zusammen mit meinen Kindern eine lehrreiche Fernsehsendung gesehen, in der die Arbeit eines Maurers geschildert wurde. Dort wurde gezeigt, wie eine Schnur gespannt und ein Stein auf seinem Mörtelbett in die richtige Position geklopft wurde. Damals - ich war schon eine Reihe von Jahren bei der Baufirma Runkel beschäftigt - habe ich zum ersten Mal die Grundtechnik des Mauerns verstanden.

Was ich an den mit ihren Händen arbeitenden Menschen immer wieder bewundert habe, ist die gleichförmige Sicherheit, mit der sie einen Arbeitsgang ausführen, den sie zuvor Tausende von Malen in gleicher Weise eingeübt haben. Manchmal bleibe ich an Baustellen stehen, etwa um einen Straßenpflasterer bei der Arbeit zuzusehen, oder einen

Müllmann. Aus allen ihren Bewegungen spricht dasselbe durch endlose Wiederholung erworbene Geschick, das in gleicher Weise einen eleganten italienischen Kellner auszeichnet, der dem Gast mit einer graziösen Bewegung eine Tasse Espresso auf den Tisch stellt. Arbeit adelt, so lehrten es die Nazis, aber nicht nur sie dachten so. Meine Eltern lebten es uns mit ihrem Respekt vor allem und jedem glaubwürdig vor.

UNTER KRANKEN

Ich bin in meinem Leben von Krankheiten weitestgehend verschont geblieben. Gleichzeitig bin ich in einer gewissen Weise immer gerne krank gewesen. Während meines Berufslebens war das immer etwa ein oder zweimal im Jahr der Fall, meistens aufgrund einer Erkältung oder eines grippalen Infektes, wie man die Volkskrankheiten nennt, die nach meinem Eindruck viel zu wenig erforscht sind. Bei der Bekämpfung dieser Krankheiten habe ich mich, wenn es eben ging, an die strengen Regeln meiner Mutter gehalten, die uns Kinder anleitete, richtig „Krank zu feiern", unsere Krankheiten also in einem gewissen Sinne wirklich zu einer Feier zu erheben.

Zum Feiern gehörte die vollkommene Abwesenheit jeglicher Arbeit. Krankheiten dürfen nicht durch noch so wichtige Termine unterbrochen werden, für die man sich notfalls mit ärztlicher Hilfe fit machen lässt. "Krank ist krank", würde meine Mutter gegen solchen Gesundmacherei gesagt haben. Selbst das Lesen von Büchern wurde uns während bestimmter Phasen der Krankheit verboten. Zum Feiern gehörte also eine gewisse Strenge, sie diente dem Zweck einer genau geregelten, stufenweisen Rückführung in das Leben der Gesunden.

Diese Rückführung lief so ab, dass der erste fieberfreie Tag noch vollständig im Bett verbracht wurde, was gelegentlich nicht eingehalten wurde, wenn die Mutter einmal zu lax kontrollierte. Der nächste Tag war dem Spielen innerhalb der Wohnung vorbehalten, am dritten Tag durfte man vorsichtig draußen spielen, wenn das Wetter es erlaubte, und erst am vierten Tag musste man wieder in die Schule. Im Berufsleben ließ sich diese stufenweise Erhebung nicht immer in voller Länge durchführen, aber ich habe immer darauf geachtet, zwischen der eigentlichen Krankheit und der Wiederaufnahme der Arbeit wenigstens einen Bummeltag zu haben, an dem man ein langes Buch zu Ende lesen oder sonstige glückhafte Dinge tun konnte. Oft habe ich an solchen Tagen gefürchtet, der ungewaschene und unrasierte Einsiedler, zu dem ich mich entwickelt hatte, würde nie wieder aus seiner Matratzengruft in ein geregeltes Leben zurückfinden. Aber wenn der Tag des Wiedereintritts ins Berufsleben kam, war meist ein neuer Überschuss an Lebensenergie angesammelt, der mir das Arbeiten fast wie eine neugewonnene Freude erscheinen ließ.

Meine Vorliebe für das fast rituelle Durchstehen einer Krankheit geht einzig und allein auf meine Mutter und ihre Prägung zurück. Nur wenn sie mit uns kranken Kindern allein war - meistens feierte eine meiner Schwestern oder mein kleiner Bruder gemeinsam mit mir krank - war das Kranksein wirklich schön. Schon, wenn mein Vater das Zimmer betrat, wurde es unbequem, er riss das Fenster auf, drohte damit, unser angebliches Fieber durch eine genaue Messung als Lüge zu entlarven und verließ meist das Zimmer mit der unfehlbaren Diagnose "es steht zu befürchten, dass sie durchkommen".

Auch meine Großmutter mütterlicherseits gehörte zu den Menschen, die einen Aufenthalt im Krankenbett sehr unbequem machen konnten. Sie verlangte permanent eine eigene Beteiligung am Gesundungsprozess, eine Anstrengung wie etwa das ruhige Liegen und den vollständigen Verzicht auf das Lesen, und führte eine Reihe von Kuren ein, von denen der kalte Wadenwickel den Anfang der Folter darstellte und das zum Glück selten angewendete Salzklistier den Gipfel. Beim Klistier wurde den Kindern auf rückwärtigem Weg eine große Menge salziges Wasser zugeführt. Schon die bloße Erwähnung dieses Wortes ließ uns alle in ein so erbärmliches Winseln verfallen, dass in der Regel unsere gütige Mutter einschritt und die angedrohte Folter unterband, zum Ärger der Großmutter.

Die Großmutter und der Vater waren sich bei allen Unterschieden in vielem ähnlich. Sie waren beide sehr streng und waren dabei außerdem von der Wirksamkeit bestimmter Naturheilverfahren vollkommen überzeugt. Von denen waren ihnen zwar nur wenige bekannt, was aber ihre Überzeugungen eher bestärkte. Sie wandten diese Verfahren in immer gleicher Weise auf alle möglichen Krankheiten und alle möglichen Personen an. So glaubten beide an die heilende Wirkung von kaltem Wasser, was meine Großmutter zur beständigen Anwendung von feuchten Wickeln führte, meinen Vater dagegen zu kalten Sitzbädern, für die er einen groben Ausdruck hatte. Später hörte ich die Beschwerde einer Freundin meiner Mutter, die nach einem solchen Sitzbad eine üble Blasenentzündung davongetragen hatte. Danach hörte ich meinen Vater eine Zeit lang seltener vom "A... in kalt Wasser" reden.

Beide schworen auch auf die generell heilsame Wirkung von Abführmitteln. Sie waren offenbar davon überzeugt, dass der menschliche Darm zwar jegliche Nahrung zuverlässig zu einem stinkenden Brei verarbeitete, dass er aber nicht in der Lage war, sich selbst vor möglichen Gefahren zu schützen, die aus diesem Brei heraus entstehen könnten. Deshalb musste der Brei nach ihrer Überzeugung so schnell wie möglich aus dem Körper entfernt werden. Ich habe das nie ganz glauben können, weil ich den Darm immer für klug genug hielt, mit seinen eigenen Produkten fertig zu werden, aber es machte keinen Sinn, sich mit Vater und Großmutter wegen solcher Punkte anzulegen.

Sie beide hatten möglicherweise eine theologisch begründete Negativ-Anschauung des eigenen Körpers als eines unreinen Sacks von Wasser, Fleisch und Knochen, der verkommt, wenn er nicht ständig von außen neu zur Reinigung angehalten wurde. Deshalb glaubten sie auch fest an die Existenz von "Schlacken". Später habe ich dann gefunden, dass die meisten Menschen daran glauben und entsprechender Anstrengungen unternehmen, den Körper zu "entschlacken" - gerade so, als ob auf den Wänden einer jeden Körperzelle ein schmutziger Rand abgelagert ist, ähnlich dem Rand einer Badewanne, wenn vom Spiel heimkommende Kinder darin gereinigt worden sind. Bestimmte Säfte haben angeblich die Fähigkeit, die Zellwände von solchen Schmutzrändern zu befreien, weshalb man ganze Tagereisen auf sich nimmt, um an besonderen Orten solcher heiligen Säfte teilhaftig zu werden.

Ich habe das nie recht glauben wollen und stattdessen meinen Körper immer als ein Laufwerk mit wundersamen, voreingestellten Steuerungsvorrichtungen angesehen, welche uns durch Kälte und Hitze, Hunger und Überfluss, Durst und Trunkenheit sicher hindurchführten. Aus diesem Grunde habe ich mich auch immer geweigert, der Mode zu folgen, eine bestimmte Mindestmenge an Flüssigkeit aus reiner Pflicht zu mir zu nehmen, und das auch dann, wenn ich gar nicht durstig war. Nach meinem festen Glauben hätte mein Körper auf dieser Welt nichts verloren, wenn der nicht ganz von selbst für die richtige Zufuhr von Wasser Sorge tragen könnte.

Neben den privaten Kuren, die uns unsere Mutter verordnete und dabei wahlweise dem Rat meiner Großmutter und dem Rat meines Vaters folgte oder widerstand, gab es natürlich auch noch die sozusagen amtliche Medizin. Sie trat regelmäßig in der Person von Dr. Gunter Pick mit einem großen schwarzen Arztkoffer in der Hand zu uns ins Krankenzimmer, wenn eine Krankheit in ein ernsthafteres Stadium eingetreten war, oder wenn es sich um eine epidemisch umgreifende Krankheit wie die Masern handelte. Seine Behandlungsmethoden wichen nicht wesentlich von denen meiner Mutter ab, was allerdings angesichts einer kleinen, zarten Liebe, welche die beiden in ihrer Jugend einmal verbunden hatte, nicht verwundern konnte. "Onkel Gunter", wie wir ihn nennen durften, weil er eine Cousine meiner Mutter geheiratet hatte, war unserer Familie in vielfältiger Weise verbunden. Sein Vater Friedrich Pick war der Gemeindeälteste in der "Salemskapelle" der Baptisten, in welcher mein Großvater zwischen 1938 und 1952 Prediger war. Die beiden ältesten Söhne von Vater Pick und Vater Bohle, Gunter und Adalbert, studierten nach dem Krieg gemeinsam Medizin in Bonn. Als meine Eltern 1948 heirateten, war Onkel Gunter als Freund der Familie selbstverständlich eingeladen und lernte dort also Tante Brunhild, die bereits erwähnte Cousine meiner Mutter kennen.

Onkel Gunter war ein feiner und geduldiger Mensch, der niemals laut sprach und eine liebenswürdige Art und Weise hatte, seinen Patienten in Ruhe zuzuhören, wobei er ihnen fest in die Augen schaute und dabei seinen Kopf gleichzeitig ein wenig zur Seite und nach unten neigte, ihnen dadurch deutlich zeigte, dass er ihnen auch wirklich *zugeneigt* war, im direkten wie im übertragenen Sinn. In seiner Tasche lag immer eine große Anzahl von Holzstäbchen oder besser gesagt kleinen Holzbrettchen, die er auf unsere Zunge legte und diese mit der linken Hand so weit hernieder drückte, dass er einen Blick in unserem Rachen tun konnten, welchen er mit einer kleinen Taschenlampe in seiner rechten Hand ausleuchtete. Sein Augenmerk galt dabei in der Regel unseren Mandeln, von denen man damals überzeugt war, dass sie ein recht nutzloses Produkt der Schöpfung waren und sich zum Beweis dieser Nutzlosigkeit häufig entzündeten. Die meisten meiner Klassenkameraden hatten nach drei oder vier Schuljahren bereits eine Operation mit der Entfernung dieser Mandeln hinter sich, während meine Eltern, die göttliche Schöpfung achtend, vor einer solchen Operation zurückschreckten. Wer weiß, dachten sie ganz offensichtlich, wozu dieser Organe gut sind? Auch Onkel Gunter mit seinem kritischen Blick für die Mandeln beließ sie lieber an ihrem Ort, auch wenn sie ständig rot waren und häufig gewaltig anschwollen und sich mit gelbem Eiter überzogen. Später habe ich erfahren, dass nicht wenige Menschen an einer Mandeloperation gestorben sind. Es genügt, dass die Wunde ein wenig nachblutet und Patient und Pflegepersonal dies nicht bemerken. Der Kranke stirbt binnen kurzem an Blutverlust.

Der zweite Blick von Onkel Gunter galt dann immer unseren Augen. Ich habe erst sehr viel später erfahren, dass sein Blick – ebenfalls immer von der kleinen Taschenlampe unterstützt, wenn ich mich richtig erinnere – zu einer "Irisdiagnose" gehörte, mit deren Hilfe der Onkel Veränderungen in unserem gesamten Organismus entdecken konnte. So glaubte er es jedenfalls, wenn er hatte neben der konventionellen Schulmedizin auch Verfahren der Naturheilkunde studiert und wandte diese an. Während ich dies schreibe, schlage ich immer wieder im Internet nach, um herauszufinden, welchen Systemen der Onkel folgte. Dass er ein homöopathischer Arzt war, konnte man auf seinem Praxisschild nachlesen, was das allerdings bedeutete, blieb uns Kindern verborgen. Angenehm an seinen Behandlungsmethoden war, dass es nur in den seltensten Fällen bittere Pillen gab. Seine nach homöopathischen Prinzipien hergestellten Mittel der Firma "Weleda" (ich fand auch sie jetzt wieder, im Internet, inklusive der vertrauten roten Schlange auf blauem Ast) schmeckten bestenfalls nach Milchpulver und enthielten ihre Wirkstoffe in einer äußerst ausgedünnten Potenz.

Mein Vater, der diese Art der Medizin kritisierte, hatte bei einem Medikament einmal die Ausdünnung konkret errechnet und war zu dem Ergebnis gekommen, dass die Firma Weleda einen Esslöffel der reinen Substanz in einer Wassermenge aufgelöst hatte, die in etwa der Nordsee entsprach. Mein Vater spottete entsprechend über diese Medikamente, dies allerdings nicht in Gegenwart des gütigen Hausarztes, wenn auch hier galt: wer weiß, wozu das Ganze schließlich doch gut sein möchte? Später wurde allerdings bekannt, dass es bei der Firma Weleda nicht immer mit rechten Dingen zuging. Offenbar wurde die Prozedur, einen Löffel Substanz mit der Nordsee zu vermischen mit allerlei obskuren und teilweise auch okkulten Praktiken begleitet. Vom "Pendeln" war die Rede. Das ließ die Anzahl der homöopathischen Medikamente in unserem Haus nach und nach zurückgehen.

Später habe ich erfahren, dass die Homöopathen mit der ausgedünnten „Potenz", einer Minus-Potenz, tatsächlich eine Steigerung der substantiellen Wirkungskraft zu erreichen versuchen. Die Substanz würde durch die ständige Verdünnung, bei dem auch gerieben und gewalzt wurde, ein wenig vereinfacht gesagt platt geklopft und sollte bei diesem Prozess eine im inneren Wesen der Arzneien verborgene, geistartige Kraft verstärken. Nach meinem Empfinden hat diese Theorie einen hohen ästhetischen Reiz und ist damit anderen, von der Wissenschaft beiseitegelegten Theorien wie etwa der goetheschen Lichtlehre ähnlich. Auch die Theorie, man könne über die Iris des Auges tiefere Einsichten in den Gesamtzustand des Menschen gewinnen, hat eine innere Schönheit. Sie hat neuen Auftrieb gewonnen, nachdem die modernen Computer Irisscanner möglich machen, welche jede Person eindeutig identifizieren können, besser als jeder Fingerabdruck.

Allerdings spricht gerade die offenkundige Unveränderbarkeit unserer Iris, welche ja die Voraussetzung für die Erkennungsgenauigkeit moderner Scanner ist, eigentlich dagegen, dass die Iris uns Informationen über Veränderungen in unserem Organismus liefern kann.

Ich habe mich aus den Diskussionen der Mediziner immer herausgehalten, auch wenn sie zu den interessantesten Gesprächen gehörten, welche die Gäste meines Vaters führten, immer wieder angestachelt durch meinen Vater. Am spannendsten war es, wenn neben dem Vertreter der Schulmedizin (Onkel Adalbert Bohle) und dem Vertreter der Homöopathie (Onkel Gunter Pick) noch ein weiterer Onkel, der Chiropraktiker Werner Lehmpfuhl oder einer seiner Anhänger hinzukam. Letzterer war vollkommen davon überzeugt, dass die Anwendung von Pillen und Salben etwa so sinnvoll war wie das Bestreichen der Motorhaube eines vor einen Baum gefahrenen Autos mit Öl. Solche und ähnliche Vergleiche waren jedenfalls von Onkel Werner zu hören. Mein Vater spielte die verschiedenen Theorien geschickt gegeneinander aus und freute sich aus seiner Ecke heraus an einem immer lebhafter werdenden Gespräch, bei dem auch der Alkohol zur Erhitzung beitrug.

Mir persönlich gefielen ganz andere Theorien besser, solche nämlich, welche die Kraft des menschlichen Körpers hervorhoben, sich aus den allermeisten Krankheiten durch Selbstheilung zu kurieren. Mutters Methoden gehörten dazu. Das wichtigste an ihnen war und blieb die genaue Einhaltung eines zeitlichen Rituals. Dies gab dem Körper die Möglichkeit, sich nach und nach wieder selbst gesund zu machen. Später las ich den stolzen Satz eines römischen Kaisers, der besagte, ein Mensch benötige ab seinem 30. Lebensjahr keinen Arzt mehr, da er ab dann selbst am besten wüsste, was ihm gut tut. Das leuchtete mir unmittelbar ein.

UNTER UNTERNEHMERN

Nach meiner Erfahrung gibt es den Typus „Unternehmer“ nicht nur in der bekannten, politisch konservativen Form, sondern auch als Vertreter des politisch eher linken Spektrums. Unternehmer sind ja Geschöpfe der Aufklärung, sie tauchen erst mit der französischen Revolution auf, einer Zeit also, wo alte Stände aufgebrochen wurden und der Mann entstand, der sich selbst machte, der *Selfmademan*. Seine Wurzeln lagen nicht im Urgrund alter Familien, er verzichtete auf Privilegien, wie sie früher die Zünfte vermittelten, er war nicht auf die Förderung traditioneller Bünde, ja nicht einmal auf Kirche und Glauben angewiesen, er kam ganz aus sich selbst. Dieser Selfmademan kam nun nicht nur als Mann der Wirtschaft vor, er konnte auch ein linker Gewerkschaftler sein, ein sozialistischer Politiker oder der Gründer einer Bürgerinitiative. Unternehmer ist, wer etwas unternimmt, und etwas gegen das Unrecht in der Welt zu unternehmen, ist vielleicht der allererste Grund, ein Unternehmer zu sein.

Manchmal wandern Unternehmer von einem Lager in das andere. Meinem knochenkonservativen Vater ging das so, als er im fortgeschrittenen Alter noch einmal die Schulbank drücken und in einem auf vier Wochen angelegten Ganztageskurs im Ruhrgebiet die staatliche Erlaubnis erwerben musste, in seiner Firma Beton zu produzieren. Gegen die von ihm mit loderndem Zorn erlebte Willkür der Lehrer hatte er sich schon bald mit einer Reihe von Gleichgesinnten verschworen. "Ich hätte beinahe den SDS neu gegründet," sagte er mir damals. Er schwenkte in seiner Politik erst um, als einer seiner Verbündeten in geheimen Kontakten mit der Lehrerschaft auf einen kooperationswilligen Pädagogen stieß, der sich bereit erklärte, gegen eine gewisse Gebühr die Prüfungsfragen zu verraten. Das war dann wieder eine eher konservative Lösung (obwohl Korruption keine Parteigrenzen kennt), welcher mein Vater ein wenig zähneknirschend und in seinen revolutionären Gedanken eher noch bestärkt zustimmte.

Umgekehrt habe ich es bei einer Reihe von alten Freunden aus der 68er Zeit erlebt, wie sie sich voller Freude ins Geschäftsleben stürzten und sich dabei souverän über ihre alten Ideen hinwegsetzten, wonach niemand mehr als DM 5.000,- im Monat verdienen sollte. Einer von ihnen hatte als Anwalt ein so gutes Einkommen, dass er sich früh im Jahr zusammen mit den Freunden seines Golfclubs im spanischen Frühling zum gemeinsamen Spiel treffen konnte. Empört schilderte er mir den verschwenderischen Reichtum der dort ebenfalls Urlaub machenden Ölscheichs mit ihren großen Schiffen. Sein linkes Herz schlug also immer noch, nur auf einem einkommensmäßig einträglicheren Niveau.

Was ich bei beiden Formen des Unternehmertums, der rechten wie der linken, immer ärgerlich fand, war der Glaube an die alles verändernde Kraft des menschlichen Verstandes und des menschlichen Willens. Gab es irgendwo einen drogenabhängigen Sohn? Er soll nur einmal eine halbe Stunde in mein Büro kommen, sagt der Unternehmer X., und ich werde ihm klarmachen, wie er es anstellt, einen anderen Weg einzuschlagen. Gab es einen von langer Arbeit ausgebrannten Mann? Die aufgeklärte und dynamische Ehefrau würde schon "irgendetwas finden", wo der geplagte Mann neu anfangen kann. Wenn man nur richtig will, findet sich immer ein Ausweg.

In manchen Zeiten habe ich die Menschen um mich herum als glattrasierte Willenstäter erlebt, die mit zusammengebissenen Zähnen Dinge möglich zu machen versuchten, die eigentlich jenseits aller Möglichkeiten lagen. In einer Lebensphase, in der es mir selbst schlecht ging und ich mich aus dem Kreis dieser Willensmenschen ausgeschlossen sah, las ich von einem Mann, der aus einer noch tieferen Lebenskrise als meiner mit der puren Kraft seines Willens herausgekommen war. Er hatte in der Krise alles verloren, seine Frau, seine Gesundheit, seine Firma, seine Familie und anderes mehr und hatte sich an den Alkohol gehängt. Er hatte dann aber - so der Bericht in einer frommen Zeitung – Zugang zum Glauben gefunden und über den Glauben später dann auch zum Erlernen des Saxophonspiels. Schon wenige Monate nach seiner Krise hatte er mit seinem Saxophon eine CD eingespielt und war nun gerade dabei, ein Buch über das Saxophonspiel zu veröffentlichen.

Damals ist mir schlagartig klar geworden, dass eine solche Errettung aus tiefster Not niemals meine Sache sein könnte. Ich war damals etwa 50 Jahre alt und hatte genügend eigene Anschauung von Menschen in sehr hohen aber auch von Menschen in sehr niedrigen Positionen gewonnen. Mir war klar, dass es kein Leben gibt, das sich immer nur auf einer hohen Ebene von Erfolg und Glück abspielen kann. Mir schien gerade der Reichtum eines menschlichen Lebens darin zu bestehen, dass es beide Seiten der Existenz kennt, die helle und die dunkle, und in der Dunkelheit die tiefe Solidarität der anderen erfährt, die ebenfalls im Schatten leben. Damals habe ich Abschied genommen von dem Teil meiner pietistisch geprägten Heimat, der den Segen Gottes immerfort in einer beständigen Lebensanstrengung selbst bewirken will und viele Theorien hat, wie man diesen Segen fördern kann.

Trotz aller Kritik habe ich meine Unternehmer mit ihren knirschenden Zähnen eigentlich immer gerne gemocht und habe mich, selbst als die ganze Welt die Gier bestimmter Superreicher für alles Elend in der Welt verantwortlich machte, der Kritik an ihnen weitestgehend enthalten. Vielleicht lag das daran, dass die Unternehmer, denen ich nach meinem Studium in meinen ersten Berufsjahren begegnete, vor allen Dingen das eine auszeichnete: sie hielten in der Regel am Dienstag das pünktlich ein, was sie am Montag versprochen hatten. Zumindest konnte man sie am Dienstag für ihre Versprechungen vom Vortag verantwortlich machen. Damit unterschieden sie sich fundamental von den großen Idolen meiner Universitätszeit, den Professoren. Sie waren für nichts und niemanden verantwortlich zu machen und hielten es mit dem

Philosophen Hegel, der auf die Frage, was denn geschehen würde, wenn sich die Welt nicht nach seinen Theorien verhielte, gesagt haben soll: "Dann ist es desto schlimmer für die Welt!"

Ich habe später gehört, dass nach der im Sande verlaufenen Studentenrevolte von 1968 eine Reihe von Studenten zu den damals führenden Ideologen der Frankfurter Schule gegangen ist und sich über deren falsche Ratschläge beschwert hat. Mehr als ein Schulterzucken haben sie aber wohl nicht bekommen.

Der Maler Reuter, der Heizungsbauer Haas, der Schreiner Pleiss konnten nicht mit der Schulter zucken, wenn ihre Arbeit missraten war. Sie hafteten, ein hässliches Word, das ich ungern ausgesprochen habe, wenn ich, was leider oft geschah, von den Handwerkern Haftung verlangen musste. Das Leben dieser Handwerker war von einfachen, logischen Vorgaben geprägt. Ihr Erfolg und ihr Misserfolg waren beide auf einfachem Weg durch Geld messbar. Mein stolzer Großvater, in der Familie als das Urbild des Unternehmers gefeiert, hat einmal freiweg von sich behauptet, für ihn habe das Geld überhaupt nur diese eine Funktion gehabt, nämlich mit seiner Hilfe die Richtigkeit seiner Entscheidungen überprüfen zu können. Sein sparsamer Lebensstil sprach dafür, dass an dieser Aussage etwas Wahres war.

Was mir an vielen Unternehmern bemerkenswert erschien, war ihre geniale Fähigkeit, Dinge zu vereinfachen. Der legendäre Direktor einer großen örtlichen Maschinenbaufirma, ein ehrwürdiger Herr namens Dr. Schippers, gab uns staunenden Junioren der Industrie- und Handelskammer einmal eine Reihe von Beispielen, wie er sich für technisch komplizierte Einrichtungen ganz einfache Modelle macht. In Erinnerung geblieben ist mir sein Bild eines Transistors: das sei eine Art Wasserhahn, sagte er schlicht. Später erzählte er im kleineren Kreis, dass er gelegentlich auch Personalentscheidungen aufgrund grober Vereinfachungen träfe. So habe seine Firma einmal eigens für die Entscheidung über die Besetzung einer Führungsposition ein ganzes Wochenende in einem entlegenen Hotel organisiert. Eine Reihe von Kandidaten wurde einer Anzahl von Tests unterzogen, danach ging man zu Bett. Am nächsten Morgen sah Dr. Schippers diesen Kandidaten beim Verzehr ihrer Frühstückseier zu. Alle schlugen, wie es sich gehörte, vorsichtig mit dem Löffel auf die Spitze der Eier, um sie dann schälen zu können – nur einer zückte sein Messer und kappte die Spitze mit einem einzigen Schlag. Diesen Kandidaten habe er dann auserwählt, sagte Dr. Schippers lächelnd – und sei gut mit ihm gefahren.

Wenn ich einmal tot bin, soll niemand auf die Idee kommen, „Unternehmer" auf meinen Grabstein zu schreiben. Aber über mich sagen soll man es doch, wenn auch meinetwegen ruhig mit einer Reihe von Einschränkungen.

UNTER MÄDCHEN

Junge oder Mädchen? Wenn ich nochmal zur Welt kommen und wählen könnte, wäre meine Entscheidung klar: ich würde wieder ein Junge werden! Die Welt erscheint mir für Jungen günstiger eingerichtet zu sein als für Mädchen, jedenfalls war es die Welt von 1949, in die hinein ich geboren wurde. Nicht, dass man damals von vorneherein die Jungen als etwas Besseres eingestuft hätte, aber allein schon die größere Körperkraft war ein Vorteil, um sich in dieser Welt bequem und mit einer möglichst geringen Anzahl von Problemen bewegen zu können. Auch die Last mit dem Austragen und Gebären von Kindern ist ein Nachteil, den nicht zu haben den Jungen viele Freiheiten und Möglichkeiten gibt. Ich jedenfalls bin immer gerne ein Junge gewesen.

Die Mädchen sind Objekte meiner Bewunderung und Liebe, und der einzige Grund, mit ihnen zu tauschen und selbst eine von ihnen zu werden, könnte für mich darin bestehen, sich ihre Attraktivität wie ein fremdes, schmückendes Kleid überziehen zu wollen. Sie sind das schönere Geschlecht, ganz ohne Zweifel, und das in gleich mehrerer Hinsicht. Allerdings - niemand käme auf die Idee, sich in eine Sahnetorte verwandeln zu wollen, nur, weil er Sahnetorten liebt. Ich weiß, das ist ein furchtbarer Vergleich, aber er zeigt die Grenzen auf, bis zu denen wir alle bereit sind, uns mit dem jeweils anderen Geschlecht zu identifizieren. Für die meisten von uns ist eine solche aus Liebe veranlasste Verwandlung (die technisch ja möglich ist) schon allein deshalb vollkommen sinnlos, weil wir die tiefere Attraktivität des anderen Geschlechtes erst relativ spät entdecken und zu diesem Zeitpunkt bereits fest in unserem eigenen geschlechtlichen Wesen verwurzelt sind. Wir werden in der Regel erst einmal wir selbst und entdecken dann später die Attraktivität der anderen Seite. Vielleicht ist es sogar erlaubt, zu sagen, dass wir uns ebenso wenig als Mitglied des anderen Geschlechtes denken können, wie wir uns von der Erde wegdenken können. Wir sind in unsere Existenz geworfen, lehrt Heidegger. Und so sind wir Jungen oder Mädchen, Männer oder Frauen, und erst wenn das klar ist, können wir anfangen zu denken.

Nun gehört die Welt der Mädchen allerdings deshalb noch lange nicht zu einem gänzlich unbekannten Land. Mir ging es jedenfalls so, dass ich schon recht früh eine große Zahl von Mädchen aus allernächster Nähe erleben konnte und von daher schon bald ein differenziertes Bild ihrer Welt, ihrer persönlichen schönen Seiten aber auch der Probleme, die sie von Natur aus mitbrachten, bekam. Ich bin mit drei jüngeren Schwestern und fünf jüngeren Cousinen, die alle bis zu meinem 14. Lebensjahr mit uns in einem Haus wohnten, gemeinsam aufgewachsen und kann heute noch das schöne Bild an mir vorüberziehen lassen, wie ganze Badewannen voll nackter kleiner Mädchenleiber sich meinem Blick bieten, lieblich umeinander geschlungene Körper voll sprühender Kraft und voll Lebensoptimismus. Ihr Leben war irgendwie komplementär zu meinem und zum Leben meines Bruders und meines Vetters. Die Natur hatte es offenbar sinnvoll so geordnet, dass Menschen in zweierlei Sorten auf die Welt gesetzt wurden, und dass die eine tendenziell lieber mit Puppen und die andere lieber mit Eisenbahnen spielte.

Als ich mit etwa 14 Jahren entdeckte, dass ich für diese Mädchen, sofern sie nicht mit mir verwandt waren, das war mir klar, auch eine tiefere Leidenschaft zu entwickeln in der Lage war, schlug die Vertrautheit mit dem pudelnackten Weibervolk, das sich ab diesem Zeitpunkt auch mehr und mehr in meiner Gegenwart verhüllte, in eine hochachtungsvolle Scheu um. Unter dem Bann dieser Scheu musste ich lange Zeit fürchten, niemals in der Lage zu sein, ein solches Wesen für eine vertraute körperliche Nähe zu gewinnen.

Schuld daran waren meine allgemeine Unansehnlichkeit, meine blasse Haut, meine Sommersprossen und außerdem meine in dieser Zeit plötzlich und wie ein böser Fluch auftretenden Pickel, die in mir das

Selbstbild eines von der Natur stiefmütterlich behandelten Jungen entstehen ließen. Um diesen Jungen mussten – das war klar – die Mädchen zwangsläufig einen Bogen machen, das war leider unabänderlich. Ich habe die Vorbereitung der menschlichen Paarung, das *mating* lange Zeit als einen vollkommen von der tierischen Natur gesteuerten Vorgang verstanden, in welchem braune, muskulöse Männer unschlagbar im Vorteil waren, wenn sie auf blasse und schmächtige Konkurrenten wie mich trafen, mochten diese auch noch so klug oder reich oder sonstwie angenehm sein.

Wenn sich die damalige Zeit noch einmal mit dem Wissen von heute durchleben könnte, würde ich vielleicht in Versuchung geraten, den Reichtum meines Vaters stärker zu meinen Gunsten in die Waagschale zu legen. Damals war das aus vielerlei Gründen verboten, mein Vater hätte mich aus dem Haus gejagt, wenn ich sozusagen mit seinem Geld auf Brautwerbung gegangen wäre. Außerdem kann man ja konkret nur dann mit seinen Einkünften werben, wenn man eine baldige Heirat im Auge hat. Und wer dachte damals schon an eine baldige Heirat? So war ich also darauf angewiesen, ein wenig mit sportlichen Reizen aufzutreten (Nachteil: Sie waren überaus durchschnittlich) oder aber mit meinem Talent, Gesellschaften zu unterhalten (Nachteil: dafür redete ich eigentlich zu schnell und unkontrolliert und fürchtete immer, nach dem nächsten Witz mit meinem Unterhaltungskünsten zu Ende zu sein), oder aber mit meiner Gabe, am Klavier improvisieren zu können (Nachteil: es stand meist kein Klavier an den Stellen, wo ich diese Gabe gerade gerne eingesetzt hätte). Das Einzige, was mich überall und immer mit großer Beständigkeit begleitete, waren meine Pickel.

Hinderlich war auch die kontrollierende Beobachtung, welcher ich von Seiten der Verwandtschaft ausgesetzt war oder mich ausgesetzt zu sein glaubte. Ich war von beiden Großeltern jeweils der älteste Enkel, hatte mit 14 Jahren zusammengerechnet über 20 Vettern, Cousinen, Schwestern und einen Bruder, die ergänzt um die Eltern, Großeltern (3), Onkeln und Tanten (je 5) einen Kordon von gutwilligen aber auch anspruchsvollen und kritischen Menschen bildeten, die alle meine

Schritte auf das lebhafteste begleiteten. So empfand ich es damals jedenfalls, und ein bisschen ist es wohl auch so gewesen.

Später habe ich dann bei meinem eigenen fünf Kindern die heimliche Genugtuung des Vaters erlebt, wenn das heranwachsende Kind zum ersten Mal äußere Anzeichen von Verliebtheit zeigte, in das andere Geschlecht, versteht sich, und man befriedigt registrieren konnte, dass auch hier eine natürliche Entwicklung schrittweise in Richtung auf ein gutes Ziel hin lief. Hätte ich damals von solchen Überlegungen im Herzen meines eigenen Vaters gewusst, wäre vielleicht manches ganz anders verlaufen.

Mein Vater hat die Genugtuung, die er möglicherweise empfunden hat, als er in meinem fünfzehnten Lebensjahr von meiner ersten Liebe für die um drei Jahre jüngeren Susi Roth, sehr gut versteckt. Susi und ich trafen uns einige Monate lang auf dem Heimweg von ihrer Realschule und meinem Gymnasium, gingen gelegentlich zusammen schwimmen und sind uns nie nähergekommen als über einem gemeinsam geleerten Glas Joghurt in der Milchbar der städtischen Badeanstalt. Nicht einmal Händchen gehalten haben wir, ich erzählte ja bereits von meiner Scheu. Aber mein Vater griff mit harter Hand ein und verbot mir schlankerhand jegliches heimliche Treffen mit ihr. Im Nachhinein muss ich Verständnis für meinen Vater haben, angesichts von Susis zartem Alter, aber sein striktes Verbot hat den Anfang einer Serie von Einschränkungen und Erschwernissen gebildet, mit dem er mein Leben bis zu seinem Tod im Jahre 1996 begleitet hat. Ich erzählte von unserer mangelnden Fähigkeit, miteinander zu kooperieren, nun zeigte sich also außerdem seine harte Hand als Erzieher und Verbieter.

Ein anderes Mal will ich von den „Kapriolen“ erzählen, mit denen ich, wie es in Eichendorffs Taugenichts heißt, versucht habe einige der meinen Lebensweg kreuzenden Mädchen „zu erhaschen und zu küssen“. Erwähnen will ich nur noch, dass mich sehr viel später als verheirateter Mann mein Freund Michael Quaas ermahnte, den Ehefrauen der anderen Freunde bei den gemeinsamen Gesprächen doch bitte mehr Aufmerksamkeit zu schenken. Ich redete offenbar, wie früher schon, lieber mit den Jungen. Ich sagte ja zu Beginn: wenn ich nochmal zur Welt kommen könnte – ich würde wieder gerne als Junge kommen.

UNTER ENTHUSIASTEN

Wenn ich an die beiden Familien meiner Eltern zurückdenke, also an die vier Großeltern und an deren Kinder - mein Vater und meine Mutter hatten jeweils zwei Brüder, meine Mutter außerdem noch eine Schwester - dann kommt es mir vor, als ob alle ihre Mitglieder mit einer bedeutenden Botschaft in die Welt geschickt worden waren, die ihr Leben vollkommen durchdrang und bestimmte. Von der Wichtigkeit dieser Botschaft waren sie so überzeugt, dass sie in meiner Erinnerung kaum eine Gelegenheit ausließen, ihre Botschaft zu verkünden. Später habe ich sie alle unter dem Sammelbegriff der „Enthusiasten" wiedergefunden, den die kluge und warmherzige amerikanische Psychologin Kay Jamison als wissenschaftlichen Begriff eingeführt hat. Die Menschen mit dieser Veranlagung leben unter der inspirierenden Wirkung eines „Champagners der Gefühle" (so der Titel eines „Spiegel"-Artikels über Jamison), der sie ständig belebt. Gleichzeitig leben sie aber auch unter der Gefährdung, jederzeit in eine tiefe Depression abstürzen zu können. Jamison hat solche Abstürze selbst erfahren und offen darüber berichtet, das hat ihr hohes Ansehen in den Vereinigten Staaten begründet.

Man darf sich also nicht darüber wundern, dass es auch in meinen großelterlichen Familien immer wieder Fälle solcher Depressionen gab, und ich habe in Jamisons Schilderungen von gefährdeten Enthusiasten viele Erklärungen für das Glück und Unglück meiner Verwandten gefunden.

Jamisons Theorie von den Enthusiasten hat einen theologischen Kern, denn sie sagt, sie erkenne das griechische Wort für Gott, *theos*, im Stamm des Wortes wieder. En*theos*iasten sind es, Menschen mit einem göttlichen Funken. Für solche Menschen enthält jede neue kleine Idee im Kern den Ansatz zur Erklärung der gesamten Welt, jede alltägliche Begegnung wird ihnen zu einer Fügung des Himmels, jede Freude zu einer Botschaft aus dem Paradies. Wehe ihnen aber, wenn einmal die Ideen ausbleiben, die Begegnungen problematisch und die Freuden getrübt werden. Dann ist mit einem Male das Elend genauso abgründig tief wie die Begeisterung zuvor über alle Maßen hoch war.

Der größte Enthusiast meiner Familie, mein mütterlicher Großvater Erwin Bohle, war bereits zweimal grausam abgestürzt, als ich ihn zum ersten Mal bewusst ansehen konnte. Da lag er halbseitig gelähmt und ein Pflegefall für die Großmutter in seiner kleinen Wohnung in der Mozartstraße, einer trotz ihres schönen Namens recht engen und trostlosen Straße im Zentrum unserer Stadt. Sein Zimmer war dunkel, und ich kann mich nur an zwei oder drei Gelegenheiten erinnern, dass er einmal aus seinem Bett geholt und in einen Sessel gesetzt wurde, um ein wenig am Leben der Familie teilzunehmen. Er konnte aufgrund seiner Lähmung nur flüstern, und wir Kinder fürchteten deshalb den Moment, wenn er mit einer Glocke aus dem Schlafzimmer auf sich aufmerksam machte und wir hingehen mussten, um zu erfahren, was der kranke Mann wollte. Meist verstanden wir es nicht und zogen uns den Ärger der Großmutter zu, die nunmehr selbst aufstehen und ihren Mann bedienen musste, was sie ebenso seufzend tat, wie die meisten anderen Angehörigen von pflegebedürftigen Menschen, die ich im Laufe meines Lebens kennengelernt habe.

Der Großvater war mit einer ersten enthusiastischen Aufwallung gescheitert, als er etwa 35 Jahre alt war und für sein neu gegründetes Einzelhandelsgeschäft in einem Dorf im Oberbergischen eine unverhältnismäßig große Anzahl von Nähmaschinen erworben hatte. Mit deren Hilfe wollte er eine große Vision verwirklichen und die häusliche Industrie seiner Dorfnachbarn revolutionieren. In jedem Haus, so sah er voraus, würden fleißige Menschen über die Bohleschen Maschinen gebeugt ihre Heimarbeit gegen einen ordentlichen Lohn verrichten und dem ganzen Landstrich Wohlstand und Ansehen verschaffen. Der Absatz der Maschinen verlief dann aber leider viel stockender als geplant, was der Großvater mit dem Angebot von Ratengeschäften auffangen wollte. Die vom Großvater hierfür gewährten Kredite wurden dann aber oft nur stockend getilgt.

Der Großvater musste recht bald im Kleinen mit seinen Krediten für arme Leute den Weg gehen, den in den letzten Jahren die amerikanischen Banken im Großen mit ihren „Subprimes" einschlugen. Sie hatten ebenfalls ihre Gelder an eine Art zweiter Kreditklasse von Menschen verliehen, mit all deren absehbaren Zahlungsproblemen. Anders als die notleidenden Banken rettete den Großvater aber kein staatlicher Schirm. Er musste Konkurs anmelden und auf einen zweiten enthusiastischen Aufschwung warten.

Dieser trat dann allerdings recht bald ein. Der Großvater wurde Prediger einer Baptistengemeinde und wurde eigentlich erst in diesem Beruf wirklich für viele Menschen nützlich, mit seinem göttlichen Funken im Herzen. Er wurde in unsere Stadt versetzt, elf Jahre vor meiner Geburt, und ich bin später unter dem schönen Lobpreis aufgewachsen, den ich von seinen dankbaren Gemeindegliedern über seine Tätigkeit zu hören bekam. Zwar wurde sein im Jahre 1938 begonnener Dienst zunächst durch den Krieg gestört, aber der Wiederaufbau Deutschlands, der nach dem festen Willen vieler Menschen auch ein geistig-geistlicher sein sollte, setzte ihn 1945 sogleich an eine prominente Stelle.

Er predigte die notwendige Erneuerung im Glauben und füllte mit seiner aus dem enthusiastischen Optimismus geborenen wunderbaren Rhetorik große Vortragssäle im weiten Umkreis um unsere Stadt herum. Die Amerikaner und "Youth for Christ" wurden auf ihn aufmerksam, er wurde ihr Mitarbeiter, wurde zu einer Konferenz nach Frankreich eingeladen, an der auch der junge Billy Graham teilnahm. Große Erwartungen bauten sich nach und nach auf, aber dann kam ein Tag im Jahre 1949, an welchem den damals 53jährigen ein Gehirnschlag traf, von dem er sich nie wieder erholen sollte.

Ich kannte ihn nicht anders als gelähmt, aber im Hause meiner Eltern hing ein Porträtfoto, das den noch gesunden Großvater zeigte, wie er mit hellwach leuchtenden dunklen Augen und einer großen Erwartung in die Kamera blickt. Das Bild hat mich immer irritiert, denn ich wusste ja, dass es für diesen Menschen keine Erwartungen mehr gab. Er starb als 59-jähriger, da war ich acht Jahre alt und hatte von des Großvaters Leben lediglich gelernt, dass manche Menschen offenbar auf ein recht beschwerliches Ende zugehen.

Später hat mir ein Mann aus seiner Gemeinde von einer kleinen Momentaufnahme erzählt, die das Porträtfoto ergänzt und bestätigt: der Mann sieht, wie der Großvater kurz nach Kriegsende an einer Haltestelle auf die nächste Straßenbahn wartet, ärmlich gekleidet wie alle Menschen in dieser Zeit, aber hoch aufgerichtet und mit diesem erwartungsvollen Blick, den er auch auf dem Porträtfoto hatte, "Er sah aus, als ob ihm die ganze Welt gehörte," sagte mir der Mann, "dabei hatte er außer zwei Hosenknöpfen nichts in der Tasche."

Auch der andere Großvater, Adolf Runkel sen., war ein Enthusiast. Er hatte die Bauunternehmung des Urgroßvaters mit Mühe über den Krieg gerettet und war jetzt ebenso wie der andere Großvater auf seine Weise für den Aufbau des Landes zuständig und ebenfalls ein gefragter Mann. Von seinem bescheidenen Büro aus, in dem es nach den Chemikalien der Lichtpause für die Architektenzeichnungen roch, steuerte er eine Firma mit 500 Leuten, die mithalfen, unsere in Trümmern liegende Stadt zügig wiederaufzubauen. Er war weniger ein spiritueller Visionär wie der andere Großvater als vielmehr ein ordnender Denker, der allerdings seine Ordnungssysteme offenbar ebenfalls als himmlische Eingebungen ansah. Auch von ihm hing ein Bild im Haus meiner Eltern, auf dem er ein wenig zurückhaltend in die Welt blickte, mit einer leicht geschürzten Oberlippe, hinter der die Zähne offenbar fest und entschlossen zusammengebissen waren.

"Ich habe es mir zum Prinzip gemacht," konnte er viele seiner Sätze anfangen und mit seiner großen mathematischen Begabung seinen Mitmenschen präzise vorrechnen, was man alles verlor, wenn man solche Prinzipien nicht zu seinen eigenen machte. Seinen technischen

Zeichnern empfahl er, sich häufig gebrauchte Gegenstände wie etwa ein Radiergummi einfach mit einer Schnur an den Arm zu binden. Das erleichterte das Auffinden. Wenn die Zeichner ihm widersprachen und sagten, sie fänden ihr Radiergummi immer ohne Mühe unter ihren Zeichenutensilien wieder, ließ er sie einen Suchvorgang ausführen, stoppte die Zeit und berechnete umgehend, dass man bei fünf Suchvorgängen pro Stunde, also 40 Vorgängen am Tag auf sein Leben hochgerechnet insgesamt 15 Monate mit dem Suchen nach Radiergummis verbringen würde, ein sicherlich furchtbarer Gedanke, wie jeder einsehen musste.

Seine Gespräche mit Enkelkindern, von denen ich als sein ältester Enkel am meisten profitiert habe, er starb, als ich 12 Jahre alt war, waren voll mit nützlichen Belehrungen. Ich kann mich kaum daran erinnern, ihn jemals über Belanglosigkeiten reden gehört zu haben. Vielleicht hat sein Beispiel dazu geführt, dass ich bis auf den heutigen Tag dem "small talk" in einer Weise abgeneigt bin, die es meinen Nächsten manchmal schwer macht mit mir. Ich würde zwar meine Sätze nicht mit "ich habe es mir zum Prinzip gemacht" beginnen, halte aber eine permanente Beschäftigung mit der höheren Ordnung der Dinge durchaus für erstrebenswert.

Die insgesamt vier Onkeln und die eine Tante, sie wurde meine erste Klavierlehrerin, liefen für uns Kinder alle mit den Worten "Wusstest du schon?" auf der Stirn durch die Welt. Auch sie hatten einen göttlichen Funken in sich, an dessen Glut sie uns Kinder teilhaben lassen wollten.

Besonders deutlich war das bei zwei meiner Onkel. Ich kann über sie sagen, dass es zur tiefsten Prägung meines Lebens gehört, sicherlich auch zu meinem Glück, dass der jüngere Bruder meines Vaters, Johannes Runkel, und der ältere Bruder meiner Mutter, Adalbert Bohle, mich beide, jeder auf seine eigene, liebenswürdige Weise wie ihren Sohn behandelten und mich ein wenig mit erzogen. Sie hatten keine leiblichen Söhne und schenkten mir eine Aufmerksamkeit, die mich manchmal ein wenig geängstigt aber insgesamt ungemein gefördert hat. Wenn ich sie traf, wenn wir telefonierten, hatten sie immer eine neue

Idee entwickelt, ein neues Buch gelesen, ein neues Projekt begonnen, und ich wurde, ob ich es wollte oder nicht, in ihren Gedankengang einbezogen.

Lange Zeit habe ich in solchen Gesprächen fast nichts gesagt, aber mit zunehmendem Alter wuchs auch mein eigener Enthusiasmus, und ich konnte die beiden Männer, die mehr und mehr auch meine Freunde wurden, mit eigenen Ideen erfreuen. Sie starben, als ich in meinen Fünfzigern war, und heute bedaure ich es manchmal, dass ich nicht mehr zum Telefon greifen und ihnen eine meiner neuen Erkenntnisse weitergeben kann.

Die beiden waren es aber auch, die mir den lebendigen Eindruck von einer depressiven Phase vermittelten. Das ging bei dem meinem Onkel Adalbert bis hin zu langen dunklen Telefonaten, in denen auch das Thema Selbstmord nicht ausgeklammert wurde. Mein Onkel Johannes kam über Wochen nicht aus seinem Schlafzimmer, nachdem die Liebe zu einer Mitarbeiterin ihn zunächst in ungekannte Höhen versetzt und dann zum Gegenstand des erniedrigenden Geschwätzes der halben Stadt gemacht hatte. Er hat mir ein oder zwei Jahre vor seinem Tod die ganze Geschichte von Glück und Schuld erzählt, aber auch von der überaus noblen Vergebung seiner Frau und dem späten Glück seiner geheilten Ehe.

Um meinen 40. Geburtstag herum musste ich auch meine Mutter durch eine lange Depression begleiten. Und auch der Bauunternehmer-Großvater hat offenbar in seinem Leben dunkle Strecken überwinden müssen, in denen er sich aus dem Berufsleben zurückzog und an einsamen Kurorten versuchte, ins Leben zurückzufinden.

Von dem bettlägerigen Prediger-Großvater Erwin Bohle sind mir keine Depressionen bekannt. Vielleicht ging es ihm wie einem von lebenslangen Depressionen geplagten Menschen, von dem ich später hörte. Dieser bedauernswerte Zeitgenosse erkrankte mit 50 Jahren an Krebs – und war schlagartig von seinen Depressionen geheilt. Die Angst vor der Katastrophe macht uns finstere Gedanken, die Katastrophe selbst stärkt unseren Willen zum Widerstand.

Dem kranken Prediger gelang in einer dritten und letzten Aufwallung seines Enthusiasmus vom Krankenbett aus der Aufbau eines, man würde heute sagen Netzwerkes mit etwa 2000 anderen Kranken, die er regelmäßig mit einem Trost spendenden Rundbrief versorgte. Ich besitze von allen Rundbriefen noch Kopien und kann ein wenig nachvollziehen, was den kranken Großvater in seinem Bett bewegte. Wenn es tatsächlich eine höhere Macht gibt, welche die Menschen mit einer besonderen Begabung und Sendung in die Welt entlässt, dann gehört es wohl manchmal zu den Planungen dieser Macht, die Menschen erst über viele Höhen und Tiefen zu der Stelle zu führen, von der aus sie für eine manchmal nur kurze Periode ihres Schaffens ein Optimum an Nützlichkeit und Segen für ihre Mitmenschen erreichen. Für den Großvater waren es die letzten acht Jahre seines Lebens, die Jahre von Lähmung und Verstummung.

In einem Brief an seine Gemeinde schreibt er vom Traum des Erzvaters Jakob und wie der die Himmelsleiter sieht und Engel auf und nieder steigen. Über jedem Christen, schreibt der Großvater, steht der Himmel offen. Und ich stelle mir vor, wie er es im Liegen schreibt oder diktiert, die dunkle Zimmerdecke wenige Handbreit über sich. Aber er sieht die Decke nicht, er sieht den offenen Himmel.

(Ich habe später den Ort in Palästina besucht, an dem der Tradition nach Jakob den offenen Himmel gesehen hat. Ich stelle den Bericht aus meinem Blog in den Anhang.)

Enthusiasten tragen ein Geheimnis mit sich herum. Einige von ihnen tragen sogar die ganze Welt auf ihren Schultern und leben wie die zehn verborgenen Gerechten, die „Zaddiqim", der chassidischen Juden. Es ist gut, dass es sie gibt.

UNTER PROMINENTEN

Im Sommer 1979 tauchte auf unserem Tennisplatz das blau und rot gestreifte Hemd des Amerikaners Roscoe Tanner auf, welches er wenige Tage zuvor im Wimbledon-Finale gegen Björn Borg getragen hatte. Ja, meine Eltern hatten einen Tennisplatz hinter dem Haus, ein Stück brachliegende Wiese, von einer Planierraupe grob begradigt und mit einer Betonplatte versehen, über welche die feineren Freunde meiner Eltern lachten, weil Hartplätze damals allgemein verpönt waren und man nur Asche- oder Rasenplätze kannte. Und mein Vater hatte Freunde wie den Amerikaner Eddie Waxer, die in Wimbledon oder an anderen heiligen Orten des Sports aus und ein gingen, und von dort gelegentlich Reliquien mit zu uns in die Provinz brachten.

Der Bruder meiner Mutter, Adalbert Bohle, hielt es mit prominenten Erscheinungen ähnlich wie mein Vater, wenn auch auf ganz anderem Gebiet, und folgte dem Bach-Dirigenten Helmuth Rilling durch die Konzertsäle der ganzen Welt, nie ohne von dort einen Abglanz der hohen Kunst mit nach Hause zu bringen, die er zu Rillings Füßen immer aufs Neue ergriffen miterlebt hatte.

Mein Vater und mein Onkel gehörten zu den Menschen, die bei Gruppenfotos mit Prominenten oft in der zweiten oder dritten Reihe hinter diesen stehen und von dem Streulicht, das von den Stars im Rampenlicht bei solchen Gelegenheiten auf die Umstehenden fällt, immer wieder einmal etwas mitbekamen. Sie mussten dafür aber auch recht viel Geld bezahlen. Beide Männer waren großzügige Spender, beide Männer waren aber auch, ich habe es aus der Nähe sehen können, für die prominenten Empfänger der Gelder nicht nur Zahler, sondern auch gern gesehene und lebendige Gesprächspartner. Der bereits erwähnte Eddie Waxer hatte es sich zur Lebensaufgabe gemacht, bekannte Sportler zu Botschaftern des christlichen Glaubens zu machen, und mein Vater hat zu Eddies Reisen und Konferenzen immer wieder erhebliche Beiträge beigesteuert. Mein Onkel Adalbert hatte Helmuth Rilling als jungen Mann in Stuttgart für sich entdeckt und zusammen mit einigen Freunden einen potenten Förderkreis aufgebaut, der noch Jahre nach des Onkels Tod überwiegend aus Menschen bestand, die mein Onkel persönlich angeworben hatte.

Durch die Kontakte der beiden Männer habe ich etwa ab der Studentenzeit zunehmend Gelegenheit bekommen, prominente Menschen im Kreis um Helmuth Rilling und wenig später auch prominente Politiker im weiteren Kreis um Eddie Waxer aus der Nähe kennen zu lernen. Eddie Waxer lud meinen Vater 1978 zum National Prayer Breakfast nach Washington ein, und mein Vater, der nicht gerne weite Reisen unternahm, ließ die Einladung auf Christiane und mich umschreiben, und so fuhren wir gemeinsam zu einem Frühstück mit dem Präsidenten Jimmy Carter und weiteren etwa 2000 Gästen im Hilton Hotel in Washington. Dort gab es ein Netzwerk von weiteren Kontakten, über das ich in die auch in Deutschland aktive Bewegung eingebunden wurde, die sich, Eddie Waxer ähnlich, zum Ziel gesetzt hatte, prominente Menschen zu Botschaftern des Glaubens zu machen. Nicht dass ich dort selbst als prominent gegolten hätte, aber es waren für die anberaumten Treffen immer auch Leute notwendig, die einfach nur dabei waren, mit Messer und Gabel essen konnten und bei der Konversation nicht ins Stottern gerieten, wie bereits gesagt: Menschen, die mit aufs Bild kamen. Ohne sie wäre es nicht voll gewesen.

So geriet ich für eine gewisse Zeit also ebenfalls in das Streulicht, welches auf die Großen dieser Welt fällt und auch ihre Nachbarn erhellt. Was ich nicht wusste, aber graduell begriffen habe und eines Tages persönlich betroffen bei Thomas Mann als fertige Theorie las, war die Erkenntnis, dass viele große Menschen wie eine lodernde Flamme leben, welche die Umstehenden zwar zunächst erwärmt, sie aber später zunehmend als Brennmaterial benutzt und aufbraucht. Die große Flamme nimmt dem kleinen Feuer nebenan die Nahrung. Die großen Karrieren der Welt sind ohne die Mithilfe vieler im Hintergrund bleibender Menschen nicht möglich. Diese helfenden Menschen freuen sich an dem genialen Talent, das in ihrer Nähe zur Entfaltung kommt, genießen es, sich in dessen Bannkreis zu bewegen, und merken oft zu spät, dass von dort ein Sog ausgeht, der die kleine Flamme des eigenen Lebens aufzehren kann.

"Ich habe mit Al Jarreau darüber gesprochen", macht sich Helge Schneider in einer seiner schönsten Szenen über solche Menschen lustig, indem er sie imitiert, aber er selbst weiß es vermutlich auch, was es kosten kann, in der Nähe eines Prominenten zu leben und ansehen zu müssen, wie die eigene Lebensenergie in die Reservetanks des großen Talents abfließt. Ich selbst kann mich glücklicherweise nicht daran erinnern, solche Lebensenergien unfreiwillig abgegeben zu haben. Zwar habe ich viel Zeit mit der Vorbereitung und Durchführung der verschiedensten Treffen und Konferenzen verbracht, ich habe aber zu meinem Glück in dieser Zeit nicht die finanziellen Mittel gehabt, um es meinem Vater und meinem Onkel gleichzutun und auch große Teile des eigenen Vermögens herzugeben.

Und dann habe ich schließlich doch auch immer wieder mehr profitiert als gegeben, zunächst in der Zeit als Chorsänger bei Helmuth Rilling, den ich im Haus meines Onkels persönlich kennen lernte und der an einem der glücklichsten Abende meines Lebens zusammen mit meinem Onkel ein Duz-Freund wurde. Rilling hat mich später ein oder zweimal in meinem Haus besucht, wenn er in der Nähe Konzerte hatte. Bei einem der Besuche wurde in einer winzigen Szene deutlich, wie wenig seine Welt mit meiner zu tun hatte. Als wir zum Abendessen beisammensaßen, klingelte es an der Tür, meine Frau öffnete und stöhnte auf: "Ach, der Helmuth!" Darauf zuckte der Dirigent Helmuth ein wenig zusammen, konnte aber dann darüber aufgeklärt werden, dass es sich bei dem überraschenden Gast um den Landstreicher

Helmuth handelte, dessen kleines Rentenkonto meine Frau verwaltete, indem sie von dort Gelder abhob und dem alkoholkranken Mann in vorsichtigen Dosen aushändigte. Unser Leben spannte sich in diesem Moment zwischen dem Landstreicher und dem Dirigenten, und wenn man uns gefragt hätte, wessen Welt uns näher war, hätten wir ohne Zögern nach draußen auf die Straße gezeigt.

Auch die Bekanntschaft mit der politischen Prominenz, die bis 1999 noch in unserer Nähe in Bonn versammelt war, hat Christiane und mir immer wieder deutlich gemacht, dass unsere Welt eine andere war. Ich hatte über mehrere Jahre die Aufgabe übernommen, ein Gebetsfrühstück für hohe Regierungsbeamte zu organisieren, war aber gleichzeitig auch über meine Kontakte zur Gefährdetenhilfe Scheideweg Mitglied einer Gesprächsgruppe für Gefängnisinsassen in Köln-Ossendorf. So traf ich manchmal am selben Tag morgens den Redenschreiber von Bundeskanzler Kohl und abends die kleinen und großen Kriminellen der Haftanstalt in Köln. Ich habe mir damals eingebildet, für sie alle jeweils den richtigen Ton gefunden zu haben, bin mir aber im Rückblick nicht mehr ganz sicher.

Was mich in eine innere Distanz zu den prominenten Politikern gebracht hat, die am Ende auch dazu geführt hat, meine ohnehin nicht besonders bedeutenden Aktivitäten in Bonn und später in Berlin zu beenden, kann ich an einer kleinen Szene festmachen. Der damalige Verkehrsminister Matthias Wissmann sprach eines Abends vor einem kleinen Kreis ausgewählter Gäste in privater Atmosphäre in Bonn, und ich kam auf einem Stuhl in unmittelbarer Nähe zu seinem Sofa zu sitzen. Zu seiner Redetechnik, die ich später in kleineren Kreisen gerne nachgemacht habe, gehörte es, dass er seine Augen wie den Richtstrahl eines Radargerätes herumgehen und sie am Ende besonders lange auf den jeweiligen Endpunkten ruhen ließ. Durch meine Sitzposition war ich, wie ich bald zu meinem Schrecken bemerkte, einer der beiden Endpunkte und wurde deshalb im Abstand von wenigen Minuten immer wieder zum Gegenstand einer gewissermaßen privaten Konversation, in welcher der Minister einen wichtigen Punkt zu Ende brachte, indem er ihn ausschließlich mir ins Gesicht sagte. Manchmal war das nachgerade peinlich, etwa wenn es um die Fehler der Opposition in einem bestimmten Bereich ging und die ganze vorwurfsvolle Rhetorik einzig und allein auf mein Haupt herniederging.

Glücklicherweise schaltete der Minister seinen Radar spätestens am Ende eines solchen Satzes wieder um und begann seine unruhige Wanderung über die Gesichter der anderen Zuhörer im Kreis. Im Laufe seiner Rede offenbarte er ein umfassendes Wissen der verkehrstechnischen Probleme des Landes und konnte, überzeugende Lösungen für jedes einzelne anbieten. Allerdings kam er in einem etwas privateren Teil seiner Rede dann auch auf die persönlichen Probleme eines Politikers zu sprechen, die vielen Termine, die zeitliche Überlastung. Der Minister gestand geradeheraus, dass es mittlerweile mehrere Jahre her sei, dass er ein Buch gelesen habe. Er hatte zwar soeben noch einmal mit der Lektüre eines neuen Buches begonnen, war aber nicht sehr optimistisch, sie jemals zu Ende bringen zu können.

Mich hat seither immer wieder eine Ahnung von der Wurzellosigkeit ja Bedeutungslosigkeit mancher Politiker befallen, aus deren Reden ich die gleiche Not heraushörte, von der auch Wissmann erzählte. Manche von ihnen haben mit Kaisern und Königen an einem Tisch gesessen und können schöne Anekdoten von dort erzählen, wissen aber vielfach nur sehr wenig von den Höhen und Tiefen einer gewöhnlichen menschlichen Existenz und können diese vermutlich auch kaum reflektieren.

So habe ich den Bereich, in dem man den Prominenten nahekam, spätestens etwa ab meinem 50. Lebensjahr weiträumig gemieden und irgendwann das Gedicht von Matthias Claudius an die Wand gehängt, in dem es ab der vierten Strophe heißt:

Ich danke Gott mit Saitenspiel,
Daß ich kein König worden;
Ich wär geschmeichelt worden viel
Und wär vielleicht verdorben.

Auch bet ich ihn von Herzen an,
Daß ich auf dieser Erde
Nicht bin ein großer reicher Mann
Und auch wohl keiner werde.

Denn Ehr und Reichtum treibt und bläht,
Hat mancherlei Gefahren,
Und vielen hat's das Herz verdreht,
Die weiland wacker waren.

UNTER INTELLIGENTEN

Ein oder zwei Jahre vor dem Abitur brachte einer meiner Klassenkameraden eine illustrierte Zeitung mit, in welcher ein recht umfangreicher und von einem renommierten Institut herausgegebener Intelligenztest abgedruckt war. Die mutigeren unter uns liehen sich die Zeitung aus und füllten zu Hause den Fragebogen aus, wozu man eine recht lange Zeit, mehr als eine Stunde, benötigte. Mein Ergebnis lag irgendwo in der Nähe von 130, was ein sehr gutes Resultat war und nach meiner Erinnerung nur von dem Klassenprimus Frieder Malz übertroffen wurde, der in den meisten Fächern aufgrund seines schnellen, wenn auch vielfältig verschrobenen Verstandes sehr viel besser zurecht kam als der gesamte Rest der Klasse zusammen. Frieder war vor allen Dingen mathematisch sehr begabt, scheiterte eigenartigerweise aber im späteren Leben, nachdem er eine Banklehre absolviert und danach ein Mathematikstudium nach der Hälfte abgebrochen hatte. Das Studium sei ihm zu theoretisch gewesen, erzählte er mir später, sein hoch entwickelter Verstand war offensichtlich darauf angewiesen, mit konkreten Gegenständen zu arbeiten, sonst versagte er. Frieder hat danach noch einige Jahre in einer Spezialabteilung einer Münchner Bank gearbeitet und sich in noch jungen Jahren das Leben genommen, indem er Abgase in sein Auto leitete.

Sein Tod und vorher schon sein Leben, welches nach meinem Eindruck immer schon als an der eigentlichen Lebenswirklichkeit vorbei gelebt erschien, waren für mich eine Art von Warnung. Der Geist durfte sich nicht so sehr überentwickeln, dass im Gehirn eine Art von Edelgas entstand, unter dessen Wirkung der Mensch schwerelos wurde und von der Erde abhob. Insofern schien mir damals auch meine Einordnung, die ich durch den IQ von 130 erhielt, ein gewisses Optimum darzustellen - genug, um sich im allgemeinen Leben überall schnell für etwas qualifizieren zu können, aber auch nicht so viel, dass man sich nur noch mit einer Handvoll Leuten verständigen konnte, die auf einem ähnlich hohen, dann aber möglicherweise lebensfremden Niveau dachten wie man selbst.

Ich hatte bereits vor dem Test ein recht gutes Ergebnis erwartet, denn seit den guten Zeugnissen, mit denen mich in der Grundschule meine Lehrerin Frau Rother verwöhnte, war in mir das stolze Gefühl erwacht, mit einem Gehirn begabt zu sein, welches dem Durchschnitt anderer Gehirne einen Schritt voraus war. Dabei ist "stolz" nicht einmal das richtige Wort, es war einfach nur so, dass ich im täglichen Leben bei der Lösung von Kreuzworträtseln oder komplizierten Berechnungen meist schneller vorankam als die gleichaltrigen um mich herum. Aber die waren ja dafür mit äußeren Merkmalen begabt, die ich nicht hatte - etwa, dass sie hübscher waren oder stärker, oder dass sie schneller schwimmen lernten als ich. Die Natur war nicht ungerecht, sie gab, bis auf wenige Ausnahmen, jedem etwas mit, das ihm einen Vorzug vor den anderen gab. Mir hatte man das schnelle Auffassen und Lernen zugeteilt, mehr war es nicht.

Auch mein Großvater Adolf Runkel, selbst ein Musterschüler, der um das Jahr 1900 herum die Volksschule nach sechs Jahren verließ (er hatte zwei Klassen übersprungen), sah meine guten Zeugnisnoten mit Freude und belohnte sie mit blanken Markstücken, von denen er meist eine große Anzahl lose in der Hosentasche herumtrug. Es war immer ein verheißungsvoller und dabei gleichzeitig auch schön anzusehender Vorgang, wenn er die Münzen in der hohlen Hand kurz so zurecht schüttelte, dass sie eine lange, regelmäßige Wurst bildeten, aus der er dann mit spitzen Fingern, ein oder zwei Exemplare herausfischte. Später erkannte mein Onkel Adalbert Bohle (auch er ein Musterschüler) in ähnlicher Weise eine geistige Begabung bei mir, die er mit Strenge aber auch mit vielen guten Anreizen zu fördern begann. Ich habe bereits mehrfach von ihm erzählt und denke in großer Dankbarkeit an ihn zurück. Als er 2008 starb, war ich 49 Jahre alt und hatte kaum je ein Gespräch mit ihm geführt, indem er mir nicht ein neues Buch empfohlen hatte. Und die meisten davon hatte ich gelesen.

Mit viel Lob und vielen Förderungen versehen schritt ich also auf das Abitur zu, lernte dabei allerdings auch die Schattenseite meiner Begabungen kennen. Eine davon lag darin, dass ich mich mit vielen Dingen nur relativ kurz beschäftigen musste, um sie zu verstehen, und es deshalb versäumte, mir eine gewisse Nachhaltigkeit anzugewöhnen, die nach einer Theorie Napoleons der eigentliche Motor eines wirklich genialen Gehirns ist. Napoleon soll so in etwa gesagt haben, "Genie ist die Fähigkeit eines Menschen, sich für lange Zeit auf einen Punkt konzentrieren zu können." Im Ergebnis habe ich später Menschen sehr intelligente Dinge tun sehen, viel besser als ich, und das vornehmlich deshalb, weil sie auf eine mir fremde und oft auch unangenehme Art und Weise von einer Sache besessen erschienen.

Am Ende des im Vorwort erwähnten Filmes "Zelig" lässt Woody Allen die leicht verrückte jüdische Hauptfigur in die höchsten Ränge des Hitlerregimes aufsteigen und dann auf dramatische Weise in einem kleinen Flugzeug zurück in die USA fliehen. Zelig, der keinerlei Pilotenkenntnisse hat, schafft es erstaunlicherweise, die Maschine in die Luft zu bringen, dreht sie aber bei einem falschen Manöver auf den Rücken und muss von da an den gesamten Atlantikflug kopfüber in den Gurten hängend in der Maschine aushalten. Ich weiß nicht mehr, wie ihm die Landung gelingt, aber in New York wird er sogleich mit einer Konfettiparade für die welt-erste "upside down“ Atlantiküberquerung geehrt. Der Bürgermeister hält eine lange Rede, an dessen Ende auch Zelig noch einmal kurz das Wort ergreift und der jubelnden Menge den Satz zuruft: "You can achieve everything if you are only fool enough!"

Woody Allen hat hier eine feine Kulturkritik an der amerikanischen Besessenheit für das außergewöhnliche geübt. Mir erschien es, als ich den Film als junger Mann zum ersten Mal sah, dass es mir genau an dieser Verrücktheit immer gefehlt hat, um die ganz großen Dinge im Leben zu erreichen. Vielleicht arbeitet in meinem Kopf ein erheblicher

Prozentsatz daran, die Denkergebnisse der anderen grauen Gehirnzellen ständig einer kritischen Prüfung zu unterziehen, so dass die ganz extremen Ideen sogleich wieder ausgeschieden werden. Jedenfalls habe ich mich am Ende des Films sehr zufrieden zurückgelehnt und beschlossen, weiterhin nicht „fool enough“ zu sein.

Hier muss ich allerdings einhalten und sagen: ich bin mir dieser positiven Kontrolle nicht immer sicher. Ich meine, in der Beobachtung anderer intelligenter Menschen einen konstruktiven Baufehler festgestellt zu haben, der sich etwa wie folgt beschreiben lässt. Ein intelligenter Mensch gewöhnt sich mehr und mehr daran, dass ihm Lösungsmöglichkeiten auf einfachem Wege zufallen. Das Richtige ist für ihn leicht verständlich, das bedeutet aber auch: wenn es leicht verständlich ist, dann hat es immer die Wahrscheinlichkeit für sich, auch richtig zu sein.

Deshalb lassen sich intelligente Menschen leichter als andere davon überzeugen, dass etwa eine kompliziert anmutende Investition, für deren Erfolg einer Kombination von zehn schwer überschaubaren Faktoren notwendig ist, mit Sicherheit zu einem großen Gewinn führen wird. Sie lassen sich zu dieser Investition verleiten, weil sie mit ihrer Intelligenz alle zehn Faktoren in kurzer Zeit überschaut und geprüft haben. Der wenige intelligente Mensch muss dagegen sehr viel länger nachdenken, hakt an verschiedenen Stellen an und findet auf diesem Wege mit größerer Wahrscheinlichkeit einen elften Faktor, der das ganze Projekt vollkommen sinnlos erscheinen lässt. Der Intelligente mit seinem schnellen Denken dagegen übersieht ihn.

So habe ich immer wieder intelligente Menschen gefunden, die von bestimmten Theorien oder Lösungen vollkommen überzeugt waren und dadurch die unangenehme Eigenschaft der "Beratungsresistenz" entwickelt hatten. Dumme Menschen sind, um es einfach zu sagen, in der Regel von dieser Eigenschaft frei. Sie wissen, dass sie Beratung nötig haben und nutzen sie.

Trotzdem habe ich mich unter intelligenten Menschen in den

allermeisten Fällen wohl gefühlt. Sie haben eine lebendige Gabe, die Dinge um sich herum zu beobachten und feine Regeln dafür aufzustellen, die oft skurril aber nie langweilig sind. So erinnere ich mich an eine der ersten Theorien, die ein ebenfalls intelligenter Klassenkamerad über die Entscheidungsschwäche von Mädchen aufstellte: während die Jungen auf der Toilette jedes Mal entscheiden müssten, ob sie ein kleines Geschäft (im Stehen, das war damals noch die Regel) oder ein großes Geschäft (im Sitzen) verrichten wollten, setzten sich die Mädchen einfach hin und warteten ab, was geschehen würde. Das erziehe die Mädchen von Anfang an zu einem schwachen Entscheidungsverhalten, im Gegensatz zu den Jungen, welche dieses Verhalten bei jedem Gang zur Toilette trainieren müssen.

Solche Theorien sind natürlich vollkommener Unsinn. Und trotzdem denke ich auf jeder Toilette, auf der den Männern durch eines der modernen Schilder das Sitzen verordnet wird: hier möchte mir jemand einen durch die Evolution erworbenen Vorteil auf kaltem Wege wieder wegnehmen.

Ich habe übrigens immer die Intelligenten von den Intellektuellen zu unterscheiden versucht. Erstere haben eine natürliche Veranlagung, zweitere haben auf der Basis dieser Veranlagung (und einiger Hilfskonstruktionen) eine Handwerkergilde geschaffen, die in unserer modernen, ja eigentlich auf Gewerbefreiheit basierenden Zeit eigenartig altmodisch wirkt. Ein Doktortitel - wie gerne hätte ich ihn viele Jahre lang gehabt! - ersetzte in der ersten Hälfte meines Lebens und weit darüber hinaus das, was in früheren Zeiten einen Hohenpriester, einen Heerführer oder den ersten Bürger einer Stadt geschmückt hat, vom Adel ganz zu schweigen. Wie alle solche Auszeichnungen ist allerdings mittlerweile auch der Schmuck akademischer Würden der Inflation ausgesetzt, weshalb man heute beobachten kann, dass der Doktortitel aus dem täglichen Gebrauch mehr und mehr verschwindet. Bei einem Gerichtstermin konnte ich aus der Nähe erleben, wie drei kurz nacheinander eintreffende Klageführer ihren Anwalt begrüßten. "Guten Tag, Herr Doktor!", sagte der 70jährige Firmenchef. "Guten Tag, Herr Dr.

Schneider! ", sagte der 50jährige Prokurist wenige Minuten später. "Guten Tag, Herr Schneider!", sagte der 30-jährige Juniorchef, der als letzter eintraf.

Viele Menschen sehen den Nachteil eines großen aktiven Gehirns darin, dass es dem Leben der Gefühle abträglich ist. Auf einer längeren Bergwanderung, die ich mit einer zufällig zusammengestellten, mir zunächst fremden Gruppe unternahm, hatte es sich eine Frau zur Aufgabe gemacht, mich auf die Schönheiten der Natur aufmerksam zu machen. Offenbar war in meiner schnell umherblickenden Art für sie etwas verborgen, was sie glauben machte, dass mir etwa die Erscheinung eines Sonnenaufgangs in der Regel vollkommen entginge. So hielt sie mich immer wieder einmal an, damit ich stehen blieb und eine bestimmte Aussicht nun einmal "in Ruhe" betrachtete. Ich hatte alles, was sie mir zeigen wollte, jeweils lange zuvor betrachtet und tief in mein Herz eindringen lassen. Allerdings hatte meine schnelle Auffassungsgabe die Beobachtungsdauer offenbar abgekürzt, aber ich kann schwören, dass ich alles gesehen hatte.

Ich habe sogar manchmal den Eindruck, dass eine schnelle Auffassungsgabe die Tiefe eines momentanen Eindrucks verstärken kann. Das gilt besonders bei der Musik, deren innere Zusammenhänge man manchmal schon deshalb nicht verstehen kann, weil die melodischen oder harmonischen Eindrücke viel zu schnell aufeinander folgen. Ich weiß nicht, ob ich musikalischen Figuren besser folgen kann als andere Leute. Ich habe allerdings meine schon im Kindesalter entwickelte Fähigkeit, Melodiefolgen auf dem Klavier nachspielen zu können und später auch komplizierte Harmonien dazu herauszufinden, immer der gleichen Intelligenz zugeordnet, mit der ich auch logische Aufgaben lösen konnte. Dabei ist mir die Musik immer in ihrem tiefsten Wesen als logisch erschienen und hat mich gerade deshalb oft tief beglückt. Ich will nicht behaupten, dass es den Unterschied zwischen Kopf und Bauch nicht gibt, mit dem wir bestimmte Dinge auf ganz verschiedene Art erleben. Vielleicht sollte ich es so sagen: für mich reicht der Kopf bis ganz tief in den Bauch hinunter.

UNTER SCHRIFTSTELLERN

Jeder malt sich gelegentlich aus, einmal im Leben mit einem berühmten Mann, sagen wir: Goethe, in kleiner Runde zusammen zu sitzen und diesen ganz persönlich fragen zu dürfen: "Sagen Sie mal, Herr Goethe, was haben Sie sich eigentlich dabei gedacht, als Sie..." Mir ist das einmal im Leben passiert, natürlich nicht mit Goethe, aber immerhin mit dem in seiner Beherrschung der deutschen Sprache an Goethe heranreichenden Schriftsteller Ernst Jünger.

Ernst Jünger war am Abend des Allerheiligen 1991 im Haus meines Onkels Adalbert Bohle in Tübingen zu Gast, und ich durfte als Neffe dabei sein und ein wenig den weiteren Kreis der Familie vertreten. Mein Onkel war als Medizinprofessor mit einer Reihe von prominenten Leuten bekannt, ich berichtete es schon, und war vor einigen Jahren bereits einmal mit Ernst Jünger zusammen eingeladen gewesen, im Hause des ehemaligen Regierungspräsidenten. Er hatte den von ihm schon in früher Jugend verehrten Schriftsteller häufiger in seinen Vorlesungen und Reden zitiert und dem Meister davon auch gelegentlich, nicht ganz uneitel, Kopien zugeschickt. Dieser hatte auf die eine oder andere Rede freundlich geantwortet, was den Onkel eines Tages nach wochenlangem Nachdenken den mutigen Entschluss fassen ließ, eine schriftliche Einladung nach Wilflingen zu schicken.

Ernst Jünger war dann mit seiner Frau per Taxi aus seinem eine gute Autostunde entfernt im Landkreis Biberach gelegenen Haus abgeholt worden und betrat am Begrüßungskomitee vorbei, das aus meinem Onkel und mir bestand, nun also das schöne Haus meines Onkels im Tübinger Vorort Kreßbach. Ich wurde als der Neffe Christian Runkel vorgestellt, wobei mein Onkel, der in ungewohnten Lebenssituationen immer wieder überraschende Einfälle entwickeln konnte, hinzufügte "Er ist Reserveoffizier". Nie vorher und auch nie später wieder bin ich an irgendeinem Ort der Welt so vorgestellt worden, auch wenn es stimmt, dass ich Leutnant der Reserve bin. Aber es wirkte irgendwie unangemessen, und ich hatte auch den Eindruck, dass Ernst Jünger mit dieser Vorstellung wenig anfangen konnte und nach einem flüchtigen Blick auf mich entschlossen weiter ins Innere des Hauses vordrang.

Dass er ein kleiner Mann war, wenig mehr als 1,70 m, wusste ich von Fotos, dass er trotz seiner 96 Lebensjahre noch sehr rüstig war und fast drahtig daher ging, hatte ich erwartet, war aber dann trotzdem von so viel Spannkraft überrascht. Seiner um 22 Jahre jüngeren Ehefrau Liselotte, die Jünger vor fast 30 Jahren als rüstiger Witwer geheiratet hatte, bereitete es nach meinem Eindruck einige Mühe, den federnden Schritten ihres Mannes die Treppe hinauf ins Obergeschoss zu folgen.

Zu meiner Freude erkannte ich vom ersten Moment an in den Gesichtszügen von Frau Liselotte die Merkmale, die ihr in seinen Büchern den Namen "Stierlein" eingetragen hatten: eine gerade Stirn, die im oberen Teil fast ein wenig nach vorne gewölbt war und die ihr zusammen mit einem kräftigen, etwas gedrungenen Körperbau, tatsächlich etwas Stierhaftes und Willensstarkes gab. In meiner späteren Erinnerung sind in der Stirn zwei kleine Hornansätze vorhanden und darüber ein leicht gekräuseltes Stierhaar, aber hier spielt mir meine Fantasie offenkundig einen Streich.

Im Verlauf des Abends wurde recht bald deutlich, dass der verehrte Meister in seinem äußeren Auftreten vollkommen das geblieben war, was er mit seinen Kriegstagebüchern in der Erinnerung der meisten seiner Leser ja auch war: ein Soldat. Er saß kerzengerade in seinem Sessel, sprach ein wenig näselnd und hätte nach meinem Eindruck keine Probleme gehabt, sogleich auch in einen schnarrenden Kasernenhofton zu verfallen, wenn es nötig gewesen wäre. Allerdings blieb er den ganzen Abend über ein freundlicher, wenn auch etwas distanzierter Gast, der auf Bemerkungen der anderen Gäste häufig mit einem nachfragenden "Äh, ja?" reagierte und der sich während der etwa drei Stunden seines Besuches lebhaft am Gespräch beteiligte.

Im Vorfeld war befürchtet worden, dass er schlecht gelaunt und schweigend in der Runde sitzen könnte, das war wohl bei früheren Besuchen im Haus des Regierungspräsidenten gelegentlich der Fall gewesen. Mein Onkel hatte deshalb den mir im Nachhinein waghalsig erscheinenden Entschluss getroffen, den Abend einem externen Moderator zu überlassen. Dieser erschien in der Form eines jungen Philosophieprofessors, Sohn eines ebenfalls anwesenden Kollegen des Onkels. Dieser Sohn, ein gutaussehender, medial gewandter Mann, ergriff zu einer längeren Vorrede das Wort, in welchem er umständlich davon berichtete, dass Jünger auch "für unsere Generation interessant" sei und deshalb auch "in meinem Werk vorkommt". Tatsächlich brachte er dann wenige Monate später auch ein Buch über Jünger heraus.

Ich hatte erwartet, dass Ernst Jünger ob dieser eher in eine Talkshow passende "Anmoderation" jetzt die befürchtete schweigende und missgelaunte Phase einlegen würde, aber offenbar war auch ihm daran gelegen, für die jüngere Generation "interessant" zu sein, und er beantwortete bereitwillig alle Fragen des jungen Professors, die leider allesamt nur sehr wenig mit dem zu tun hatten, was ich persönlich gerne über Ernst Jünger erfahren hätte.

Bald merkte ich, dass Ernst Jünger eine ganz eigene Taktik benutzte, um nur auf solche Fragen antworten zu müssen, die ihn selbst interessierten: er spielte seine Schwerhörigkeit aus. Wenn ihm ein Redebeitrag aus der Runde, in der natürlich nur ein einziges Gespräch verfolgt wurde, interessant zu sein schien, legte er eine Hand hinters Ohr und fragte dann wohl auch gelegentlich - "Äh, ja?" - beim Sprechenden nach. Oft kreisten seine Antworten dann allerdings um ganz andere Aspekte als die Fragen. Manches ignorierte er sogar voll und ganz – er hatte wohl bei sich beschlossen, es nicht gehört zu haben.

Hier muss ich einfügen, dass insgesamt 15 Personen im Raum waren, das waren außer Ernst Jünger und seiner Frau, meinem Onkel und meiner Tante noch drei weitere Ehepaare, außerdem die Witwe des bekannten Tübinger Philosophen Otto Friedrich Bollnow und ein alter schwäbischer Pastor und Freund meines Onkels. Die Gäste waren bereits längere Zeit vor Ernst Jünger eingetroffen, und es hatte sich bald ein reger Austausch über das, was jeder Einzelne ihn fragen wollte, ergeben. Zettel wurden gezückt und wieder in Anzugtaschen verstaut, Themenschwerpunkte wurden angedeutet, die direkten Fragen aber ausgeklammert, offenbar aus Furcht, jemand anders könnte sie einem wegnehmen. Es stellte sich bald heraus, dass die meisten Gäste mit dem präzise vorbereiteten Plan hierhergekommen waren, für den Rest ihres Lebens die eine Geschichte erzählen zu können, die mit den Worten beginnen würde, "Ich habe einmal Ernst Jünger gefragt".

Nach meiner Erinnerung sind zumindest die fünf älteren Herren und der junge Philosophieprofessor hier mit einem kleinen Schatz an zitierfähigen Passagen nachhause gegangen. Ich selbst bin leer ausgegangen, weil ich angesichts der sich mächtig aufbauenden Eitelkeit und meiner sich parallel dazu verstärkenden Schüchternheit meine eigene Frage schon recht früh aufgegeben und sie an meinen Onkel abgetreten hatte, der sie im weiteren Verlauf dann auch Ernst Jünger stellte.

Ich hatte damals die neueren Tagebücher von Ernst Jünger gelesen, und zwar sehr gerne. Sie kamen seit 1980 in kurzer Folge unter dem Serientitel "Siebzig verweht" heraus, der sich auf die Zeit nach Ernst Jüngers 70. Geburtstag im Jahre 1965 bezog. Mir gefielen die mutigen Reisen des älteren Herrn und seines "Stierleins", die wunderbar präzisen Beschreibungen von Flora und Fauna (Jünger war ein sehr kundiger Biologe), seine eingestreuten Gedanken über andere Schriftsteller mitsamt treffenden Zitaten aus deren Büchern und Briefen an ihn, die tieferen Urgründe in den Sitten und Gebräuche der von ihm besuchten Völker und vieles andere mehr.

Ich glaubte damals in ihm einen Seher entdeckt zu haben, der einen vollkommen natürlichen Zugang zur diesseitigen, besonders aber auch zur jenseitigen Welt hatte und bei dem ich deshalb auch nie ein einziges kritisches Wort gegenüber einem Zeugnis des Glaubens fand. Ich konnte deshalb mit Recht sagen, dass er mir geholfen hatte, einige Zweifel und Bedenken in meinem eigenen Glauben auszuräumen. Meine Frage an ihn wäre also gewesen, ob ihm die Rolle als Förderer des Glaubens gefalle.

Mein Onkel hatte sich diesen Gedanken notiert, blickte gegen Ende des Abends auf seinen vorbereiteten Zettel und fragte dann Ernst Jünger, ob er etwas dagegen hätte, wenn sich Menschen durch seine Bücher im christlichen Glauben bestätigt fühlten. Jünger ließ sich erst - "Äh, ja?" - die Frage wiederholen und antwortete dann, nein, er habe nichts dagegen, aber das gleiche gelte auch für Moslems. In meiner Erinnerung ließ er danach ein meckerndes Kasernenhoflachen erklingen und wendete sich schnell anderen Themen zu.

Spätestens in diesem Moment ist er für mich zu einem weniger glaubwürdigen Orakel geworden, dessen Aussagen ganz bewusst unpräzise gehalten waren. In einem eigenartigen Gedankengang hatte er zuvor erklärt, dass er gerne die französische Übersetzung seiner Texte lese, die seien „weniger ambivalent“ als die Originale. Die Originale seien allerdings, so sagte er wiederum, "genauer". Wie sollte man das verstehen? Bestand die Genauigkeit seiner Werke in ihrer Ambivalenz? Das wäre unlogisch gewesen.

Mir erschienen am Ende alle seine Antworten – Hand an das schwerhörige Ohr gelegt – eher unbestimmt und ins Allgemeine gehend. Präzise war er nur bei einem wichtigen Punkt seines Lebenswerkes, der Erkenntnis eines heraufkommenden Imperiums von "Titanen". Hier habe er sich in die Erbfolge von Hölderlin und Nietzsche eingereiht und immer wieder über die Entstehung eines Staates geschrieben, in welchem "Der Arbeiter" als Repräsentant einer übermächtigen Maschinenwelt regiert. Aber gerade diese Erkenntnisse sind nach meinem Eindruck in seinen Büchern so allgemein gehalten, dass sie für eine tiefere Durchdringung der heutigen Welt bestenfalls vorsichtige Ansätze liefern können.

Ich bin schnell für die Bewunderung großer Menschen zu gewinnen. Ich habe bei einer anderen Einladung im Hause meines Onkels zwei Theologen der Tübinger Fakultät aus der Nähe kennen gelernt und meine Verehrung für sie in großem Maße gesteigert. Bei Ernst Jünger war es eher umgekehrt. Mir gefielen zwar zunächst seine soldatische Art und der Eindruck, dass der ganze Abend auch an einem Lagerfeuer im Felde stattfinden könnte. Ernst Jünger stellte sein Weinglas, das ich ihm in schneller Folge mit Châteauneuf-du-Pape nachfüllte, auf sein linke Knie und bedeckte es fast während der ganzen Zeit mit der linken Hand, gerade so, als ob er es vor Insekten schützen müsste, die um ein imaginäres Feuer flogen. Ich erinnerte mich daran, dass er gelegentlich den Herausgeber des "Spiegel", Rudolf Augstein, zu einem Trinkgelage nach Wilflingen "einbestellte", wie Augstein das nannte. Die beiden sehr unterschiedlichen Männer schätzten sich. Aber trotz aller soldatischer Erdverbundenheit und Trinkfestigkeit erschien mir bei Jünger doch am Ende alles zu unbestimmt, zu sehr in eine Meta-Welt abgehoben, von der niemand sagen konnte, ob darin wirklich etwas existierte.

Eine Viertelstunde nach Neun wurde dann das Taxi wieder gerufen, und Ernst Jünger schritt zum Auto, noch steifer als bei der Ankunft. Ich führte das auf die etwa eineinhalb Flaschen Châteauneuf-du-Pape zurück, mit denen ich ihn im Verlaufe des Abends versorgt hatte. Das Stierlein verabschiedete mich höflich als "Herr Bohle", was mich freute, der Meister selbst gab mir und den meisten anderen keine Hand, er war aber auch zu sehr damit beschäftigt, beim aufrechten Gang zu bleiben. Und ich war also bei meinem ganz persönlichen Goethe zu Tisch gewesen.

Nachzutragen ist, dass zu Jüngers 100. Geburtstag im Jahr 1995 Helmut Kohl und François Mitterrand in Wilflingen erschienen und mit Jünger am Küchentisch letzte, erhabene Weisheiten austauschten. Das heißt - ganz so kann es nicht gewesen sein, denn ein Mitarbeiter des Bundeskanzleramtes erzählte mir später, Helmut Kohl habe nicht verstanden, was dieser von ihm als Pressegag empfundene Auftritt eigentlich sollte.

Ernst Jünger ist 102 Jahre alt geworden und im Februar 1998 gestorben. Mein Onkel ist in Wilflingen auf der Beerdigung gewesen und hat mir danach in einem langen Telefonat davon berichtet. Es war eins der letzten unserer lebenslangen Gespräche, denn wenige Wochen danach ist er selbst gestorben, im Mai 1998, plötzlich und friedlich, beim Golfspielen. Das "Stierlein" hat bis 2010 gelebt und ist 93 Jahre alt geworden, sagt Wikipedia. Noch länger gelebt hat meine Tante, sie ist 97 Jahre alt geworden und erst 2019 gestorben.

UNTER UNFROMMEN

Ich bin auf einer kleinen Insel von frommen Kirchgängern aufgewachsen, die mitten in einem Meer von heidnischen Atheisten oder Agnostiker lebten. Erst im Rückblick ist mir klar geworden, wie klein diese Insel gewesen ist und wie sehr sie im Laufe der Jahre auch immer kleiner geworden ist.

Manchmal habe ich mir gewünscht, ich hätte dem „Meer" gegenüber ein größeres Sendungsbewusstsein entwickelt, um mich deutlicher abzugrenzen und um meine heilsamen Kenntnisse für die Menschen im Meer wirksamer an den Mann zu bekommen. Im Rückblick sehe ich allerdings auch, dass mein Glauben in all den Jahren immer auch angefochten war und meist nur gerade dazu ausgereicht hat, mich bei meiner Kirche zu halten, nicht aber um größere Aktionen nach außen zu unternehmen.

Dabei hat es solche Aktionen durchaus gegeben. Meine Kirche hatte bis weit in die 90er Jahre des vorigen Jahrhunderts hinein regelmäßig missionarische Aktionen, meist in Form von großen Missionszelten. Sie wurden ähnlich wie ein Zirkuszelt auf unserem Schützenplatz aufgebaut und boten für eine Woche spezielle Veranstaltungen an, meist mit einem prominenten Redner. So sollten die Menschen aus dem Umfeld eingeladen werden.

Erst in den letzten Jahren ist mir klar geworden, dass die Absicht meiner Mitchristen nur vordergründig darin bestand, fremde Menschen zu erreichen. In Wirklichkeit haben wir alle eine fromme Pflicht absolviert, von der wir innerlich nicht überzeugt waren. Im Volksmund ging die

Rede davon, dass die Frommen, die in meiner Stadt auch "de Fienen", also die Feinen genannt wurden, immer nur dann mit einem freundlichen Lächeln auf ihre Nachbarn zugingen, wenn wieder die Einladung zu einem Missionszelt anstand. Dann bekam man einen Flyer in den Briefkasten gelegt und konnte sich überlegen, an einer der Veranstaltungen teilzunehmen. Ich denke, dass nicht einmal 1 % der unserer Bevölkerung in irgendeiner Weise auf diese Einladung reagiert haben. Unsere Gemeinde hatte nach Ihrer Gründung 1904 bis heute durchgängig etwa 400 Mitglieder, das waren nie mehr als 0,3 % der städtischen Bevölkerung, so dass man schon alle Angehörigen und alle gutmeinenden Freunde mitzählen musste, um die Menge von 1 % der Menschen zu erreichen, die in irgendeiner Weise von der Botschaft der Gemeinde erreicht wurden.

Diese schmale Zahl stand im krassen Missverhältnis zu dem Selbstbewusstsein, mit dem unsere missionarischen Aktionen durchgeführt wurden. Mir ist das besonders bewusst geworden, als eine mit uns verwandte Gemeinde eine größere „Aktion“ in der Schweiz durchgeführt hat und ihr den Titel gab „Die Schweiz für Jesus“. Ich habe damals eine Luftbildkarte der Schweiz im Internet geladen und an den Orten, wo die Schweizer Gemeinde missionierte, eine rote Markierung gesetzt. Je nachdem, wie man die Zoom-Einstellungen der Karte einrichtete, ergaben sich Perspektiven von vollkommen vereinzelt stehenden winzigen Markierungen in einem riesigen leeren Gebiet.

Ich habe dann aufgehört, in solchen Schlagworten zu denken und mich eher darüber amüsiert, dass Plakataktionen meiner Christen mit dem ebenfalls sehr anspruchsvollen Titel „an Gott kommt keiner vorbei“ früher einmal mit der klassischen Aufschrift versehen worden „außer Helmut Rahn“.

Viele meiner Bekannten und Freunde waren nicht aus dem christlichen Bereich. Das wurde im Prinzip von der Kirche auch gerne gesehen, weil wir aufgefordert waren, „nicht nur im eigenen Saft zu schmoren“.

Es ist aus diesem Kreis aber niemand meinem Weg gefolgt, wenn er nicht vorher bereits eine christliche Sozialisation hinter sich hatte. Die anderen haben mir oft gesagt „deinen Glauben möchte ich haben", haben aber keine Anstalten gemacht, sich auf diesen Glauben einzulassen.

Für mich war das kein Problem. Ich fand es eher problematisch, dass Christen aus meinem Bereich nach und nach unsere Kirche verließen und nach Regeln für ihr Leben suchten, die ihnen vernünftiger erschienen als die christlichen. Mit diesen Kritikern, die oft meine engsten Freunde waren, war ich in dem Punkt nicht einverstanden, dass sie eine Philosophie, einen Gedanken höher als das setzten, was in meinem Denken die Stelle Gottes hatte.

Das durfte nicht sein, denn wenn man eine Welt denkt, die auf Gott bezogen ist, dann muss zwangsläufig Gott das höchste in dieser Welt sein. Daran habe ich alle Tage meines Lebens festgehalten, auch wenn mir zunehmend bewusst geworden ist, welche logischen Probleme sich ergeben, wenn man das gesamte Geschehen in der Welt auf Gott beziehen will.

Si Deus unde malum – die Frage, warum es Gott und das Böse zusammen in der Welt gibt, hat die Menschen auch in den Zeiten beschäftigt, wo noch alle Welt zur Kirche ging. Die Antworten darauf sind unbefriedigend. Am ehesten gefällt mir der Gedanke, dass es entsetzlich ist, in der schlechten Welt alleine zu leben und niemanden zu haben, dem man klagen kann „erlöse uns von dem Bösen!"

UNTER MUSIKANTEN

Mein Weg in die Welt der Musik ist davon bestimmt gewesen, dass ich schon als Kind eine natürliche Fähigkeit entdeckt habe, Musik selbst zu machen. Dazu hilft mir die Begabung, eine beliebige Melodie so zu erfassen, dass ich sie auf ein Instrument übertragen und dann auch mit passenden Harmonien versehen und spielen kann.

In meiner Erinnerung ist mir diese günstige Eigenschaft allerdings nicht ohne Weiters zugeflogen. Ich musste sie im Gegenteil sehr hart erarbeiten, woran ich noch eine konkrete Erinnerung habe. Meine Großmutter hatte als Spielzeug für die Enkelkinder ein kleines Xylophon angeschafft, das wie eine Leiter die neun Töne vom C bis zum hohen C und außerdem auch noch bis zum hohen G hatte. Die Töne bestanden aus kleinen Metallplättchen, die man mit einem hölzernen Schlägel zum klingen bringen konnte. Bei einem Besuch der Großmutter habe ich mich etwa um die Zeit meines Schuleintritts daran gegeben, auf diesem Xylophon das bergische Heimatlied zu spielen „Wo die Wälder noch rauschen, die Nachtigall singt".

Ich habe ohne weitere Umstände auf dem untersten Ton, dem C, begonnen und war dadurch, was mir natürlich nicht bewusst war, in F-Dur gelandet. Das Xylophon hatte aber nur die Töne der C-Dur-Tonleiter was aber erst ganz zum Ende der Strophen, in deren fünfter Zeile eine Rolle spielt. Dort ist der Ton, der auf „Wiege" erklingt (wo im Schatten der Eiche die Wiege mir stand), ein B, Und dieses B ist in der C-Dur-Tonleiter nicht vorhanden.

Nun hatte ich mit einiger Mühe die ersten vier Zeilen recht ordentlich hingekriegt und blieb erst an dem besagten B der fünften Zeile hängen. Damals hätte mein starkes schematisches Denken beinahe zu einem frühzeitigen Ende meiner musikalischen Mühen geführt. Ich dachte mir, dass es eine geordnete Welt gibt, in welcher das bergische Heimatlied aufgeführt wird, und eine ebenso geordnete Welt, in welcher Musikinstrumente hergestellt werden, mit denen man dieses Lied begleiten kann, und dass die beiden Welten grundsätzlich kompatibel wären.

Dass es Instrumente gab, die bestimmte Töne nicht spielen konnten, war damals außerhalb meiner Vorstellungen.

Ich weiß nicht, wer mir geholfen hat, das Rätsel zu lösen. Möglicherweise war es mein Onkel Johannes, der im gleichen Haus wie wir wohnte und ein Klavier besaß. Jedenfalls wurde die gefährliche Lücke die sich zwischen verheißungsvollen Anfängen und einer damals noch offenen späteren Entwicklung auftat, recht bald geschlossen. Als auch mein Vater ein Tasteninstrument anschaffte, ein altes Harmonium, lernte ich recht bald auch die schwarzen Tasten einzusetzen und in der rechten Hand eine Begleitstimme und in der linken Hand einen dazu passenden Bass zu spielen, so dass sich die kleinen Lieder, die ich spielte von Anfang an recht hübsch anhörten.

Störend war es dann allerdings, dass die Welt der Musiklehrer, in die ich später eintrat, meine improvisatorischen Fähigkeiten nicht interessierte, ja, sie sogar in der Person eines Klavierlehrers, den ich später bekam, rundweg ablehnte. Die hohe Kunst entstand für ihn nur da, wo Musik aufgeschrieben und auf die immer gleiche Art und Weise aufgeführt wurde.

An diesen Gedanken habe ich mich mein Leben lang nicht gewöhnen können und habe mit zunehmendem Selbstbewusstsein manches klassische Stück, dass mir in notierter Form vorlag, verändert und in meiner eigenen Version gespielt. Am schönsten ging das vielleicht mit dem langsamen Satz der Sonate Pathétique von Beethoven, den man auf vielfache Weise variieren kann und staunend feststellen muss, dass er auch nach freien Veränderungen noch schön bleibt.

Natürlich brachte die aufgeschriebene Musik mit ihren klassisch schönen Kompositionen auch viel Neues und Schönes in mein Leben als dilettantischer Gebrauchsmusikant. Mein Musiklehrer am Gymnasium wusste zwar ebenfalls nichts von meinem Talent, Melodien und Harmonien schnell zu erfassen und nachzuspielen, er bemerkte aber, dass ich sauber singen und Noten lesen konnte und musikalische Zusammenhänge schnell erfasste. Eines Tages lud er mich deshalb ein, in seinem Kirchenchor die Johannespassion von Bach mitzusingen, was ich dann in der Passionszeit 1966 auch getan habe. Da war ich 17 Jahre alt.

Manchmal überlege ich, ob es mir damals möglich gewesen wäre, mein musikalisches Talent so auszubauen, dass ich einen Beruf daraus hätte machen können. Ich bin mir ziemlich sicher, dass mein Talent dazu nicht ausgereicht hätte. Ich war allerdings auch dadurch gehindert, dass meine unmittelbare Lebenswelt, das fromme Elternhaus, den Zugang zu wirklich interessanter Musik in ganz erheblichem Maße erschwerte. Schon das Mitsingen im Kirchenchor des Musiklehrers musste ich meinen Eltern abtrotzen. Man fürchtete, dass ich den Chor meiner Freikirche, in dem ich ebenfalls mitsangt, als zweitklassig einstufen würde (was tatsächlich auch so war) und am Ende dann auch die Kirche wechseln würde. So hatte es mein Onkel Manfred getan, der ebenfalls über das Singen dem Reiz einer anderen Kirche erlegen war.

Noch schwieriger wäre es gewesen, in einer der Rock- oder Jazzbands mitzuspielen, die sich damals in den Jahren der Beatles, Rolling Stones und Beach Boys gründeten. Das hätten meine Eltern nie erlaubt. Als ich in meinen ersten Ehejahren dann schließlich doch den Schritt in eine Jazzband tat, es war ein Kursus der örtlichen Volkshochschule, und als sich dann zum ersten Mal in meinem Leben meine Musik mit dem antreibenden Rauschen eines Schlagzeugs und den gewaltigen Fundamenten eines Basses verband, geriet mein Blut recht ordentlich in Wallung, und ich bekam einen Begriff davon, vor welchen Untiefen der menschlichen Leidenschaft mich meine Eltern bewahrt hatten, indem sie mir den Zugang zu solcher musikalischen Betätigung verwehrten.

Einzig die Begegnung mit dem holländischen Klavierspieler Peter van Woerden ist unmittelbar aus meiner kleinen Freikirche entstanden, und sie hat mir einen Weg gewiesen, die Musik auch jenseits von notierten Klassikern und die Gefühle erhitzender Jazzmusik an als einen Weg anzunehmen, der zu tieferen Sphären der menschlichen Existenz führt.

Peter von Woerden hat mir eine Musik gezeigt, die im besten Sinne „aus der Kirche" kam und zurück in diese führte. Was er spielte waren klassische christliche Choräle und außerdem geistliche Lieder aus der Erweckungsbewegung des 19. Jahrhunderts. Er selbst hatte sie in seiner Kirche in Haarlem bei Amsterdam gelernt und auch schon früh als junger Organist gespielt. Er war aber auch in Amerika gewesen und hatte mit Sicherheit die Variationen dieser Lieder gehört, die dort in schwarzen Gottesdiensten erklingen. Er muss die Arrangements nachgespielt haben, die schwarzen Musiker später in den Jazz übertragen haben und die den alten Liedern eine neue frische Überzeugungskraft gaben.

Bei ihm habe ich etwas von dem Geheimnis verstanden, dass Menschen Ausdrücke für den Glauben finden, die sie eigentlich nur im Lied verwirklichen können.

Ich habe das vielleicht am schönsten nacherlebt, als ich schon als erwachsener Mann an einem Chorseminar teilnahmen, dass von schwarzen Amerikanern geleitet wurde. Zum Abschluss gab es einen Gottesdienst, in dem die eingeübten Stücke vorgetragen wurden, und ganz am Ende des Gottesdienstes dann das Lied "Come into my heart Lord Jesus". Ich hatte eine dunkle Erinnerung daran, dass auch Peter van Woerden dieses Lied gespielt hat, dass aber sein süßlicher deutscher Text „Komm in mein Herz, Herr Jesus" dazu geführt hatte, dass es in unseren Kreisen eigentlich nie gesungen wurde.

In der Kirche in Köln erklang es nun zum Abschluss und die schwarzen Musiker erwiesen sich gleichzeitig auch als gute Priester und luden die

Zuhörer ein, sich segnen zu lassen. Diese strömten nun in großen Zahlen nach vorne und auf den Chor zu. Ich konnte in ihre Gesichter schauen und ihre Tränen und ihre Rührung sehen. Unser Chor musste das Lied unendlich wiederholen bis schließlich auch der letzte Zuhörer gesegnet war. Wenn man ihn gefragt hätte, worin denn dieser Segen bestanden hat, hätte er wahrscheinlich keine logischen Worte gefunden. Aber er hätte das Lied gehabt.

Ein Lied steht am Ende eines jeden guten Gottesdienstes und begleitet uns als Ohrwurm in unserem Alltag. „Ohrwurm“ ist in diesem Zusammenhang kein schönes Wort. Aber es steckt etwas Richtiges darin.

UNTER STERBENDEN UND TOTEN

Bis weit in mein Erwachsenenalter hinein habe ich es vermieden, eine Leiche zu sehen. Als der Großvater der Nachbarsfamilie starb, hielt mich, den Schulanfänger, meine gütige Mutter davon ab, zu den Nachbarn zu gehen und dem Schrecken des Todes zu begegnen. Als mein eigener Großvater starb, war ich zwölf Jahre alt und zusammen mit meinem Vater zu dem etwas ungewöhnlichen Todesort gerufen worden. Der Großvater hatte als Bauunternehmer eine kleine Kirche gebaut und war kurz nach der Schlüsselübergabe zusammengebrochen und gestorben. Als mein Vater auf den Vorplatz der Kirche fuhr, lag der Großvater bereits aufgebahrt auf einer kleinen Liege in einem Seitenzimmer im Untergeschoss der Kirche. Ich habe später ein Foto gesehen, wie er da lag, und war beim Betrachten froh, die Szene nicht persönlich gesehen zu haben, obwohl mein Vater mir das freigestellt hatte.

Erst als ich schon verheiratet war, zwei Kinder hatte und in unserem Haus in der Oberhagener Straße lebte, habe ich meine erste Leiche gesehen, und das auch nicht ganz freiwillig.

Ein Nachbar war schwer an Asthma erkrankt, und ich wollte ihn an einem Nachmittag im Krankenhaus besuchen. Dort kam mir seine Frau bereits auf dem Flur entgegen und führte mich in ein Seitenzimmer, in das man den Nachbarn zum Sterben gebracht hatte. Der Tod war erst vor wenigen Minuten eingetreten, und ich war neben der Witwe offenbar der erste, der den Toten zu sehen bekam.

Seine schwere Asthmakrankheit hatte ihn schon Monate vor seinem Tod schmal und zerbrechlich werden lassen, ein Eindruck, der jetzt noch verstärkt war und auf seinen Gesichtszügen die Spuren von all dem Leid und Elend hinterließ, dass diesem Menschen zuteil geworden war. Ich empfand für kurze Zeit eine gewisse Ehre, diese extreme Seite der menschlichen Existenz mit ansehen zu dürfen, dachte dann aber wieder, dass ich mich dem harten Anblick des Todes auch in Zukunft nur aussetzen wollte, wenn es nicht zu umgehen war.

Beim Tod meines Vaters war es dann so, dass sein Ende ein paar Tage vorher absehbar war und dass wir als Kinder die Möglichkeit hatten, in seiner Sterbestunde um sein Bett zu sitzen. Er wurde durch eine Maschine beatmet, seine Herzschläge wurden auf einem Monitor sichtbar gemacht. Als Atmung und Herzschläge immer langsamer wurden und am Ende schließlich aufhörten, öffnete sich die Tür des Nebenzimmers und zwei Ärzte, die dort ebenfalls Apparate überwacht hatten, traten mit den Worten ein „sie haben gesehen, dass ihr Vater soeben verstorben ist.“

Diese Worte berührten mich als zutiefst irreal, denn es war gar nicht so, dass ich etwas „gesehen“ hatte. Ich konnte die schwächer werdenden und schließlich ausbleibenden Signale nicht mit letzter Sicherheit deuten, so dass das „gesehen haben“ sich wohl nur auf die Ärzte im Nebenraum bezog, dass es für sie stimmte, die aber eigentlich nichts gesehen, sondern nur Instrumente beobachtet hatten.

Zum Tode meiner Mutter bin ich zu spät gekommen und habe sie nur als Leiche gesehen, und das auch nur für kurze Zeit, danach bin ich schnell gegangen.

Vermutlich ist in meinen Gedanken eine tiefe Prägung, wonach ein menschlicher Körper ohne sein Leben, seine Atmung, seine Seele wirklich nur noch eine leere Hülle ist. Diese Hülle weist nichts mehr von dem lebendigen Menschen auf, der einmal in ihr gewohnt hat.

Deshalb habe ich – anders als viele andere mitfühlende Menschen – bei einer Beerdigung auch selten an den noch kompletten Körper gedacht, der jetzt in die Erde gesenkt wird. Ich weiß, dass manche Menschen sich

Sorgen machen, dieser Körper könnte dort unten noch Kälte und Nässe verspüren, aber das kann er nun ja tatsächlich nicht.

Ich habe aus den Gesichtern von Toten (mittlerweile kenne ich natürlich viele davon von Fotos) nie etwas herauslesen können. Wenn ein Lächeln auf ihren Zügen war, was bei der einen oder anderen Leiche gerühmt wurde, dann schien es mir eher ein Zufall zu sein. Auch dass Tote „friedlich“ aussehen, ergibt sich meistens aus der Abwesenheit aller Anstrengungen, zu denen die toten Körper ja nicht mehr fähig sind. Mir ist das nie als ein wirklicher, von den Toten noch zuletzt erlebter Friede erschienen. Wenn sie tatsächlich in Frieden ruhen, was ich vielen von Ihnen gewünscht habe, dann in der Ruhe einer jenseitigen Welt, über die der Zustand ihrer toten Körper nichts verrät.

Ich las von einer exzentrischen Amerikanerin, die ihre Nächsten mit dem Vorsatz terrorisierte, sie wolle schon jetzt ihre Gesichtszüge einüben, die sie eines Tages als Leiche haben wollte. „My post-mortem expression which I have been practising for years“. Mir erschien das als eine krause Spinnerei.

Wahr ist allerdings, dass mit zunehmendem Alter das Bewusstsein wächst, dass auch ich eines Tages diesen Körper, der meine komplette Existenz beinhaltet, leer und reglos auf der Welt zurücklassen muss. Mich erschreckt das nicht, es ist ja wohl der Gang der Dinge. Aber der Weg bis zu dem Moment, wo der eigene Leib in einen ewigen Schlaf fällt, der könnte noch schwierig werden.

Mein Onkel Johannes, dessen toten Körper ich ebenfalls noch gesehen habe, hat schon früh damit angefangen, die Liedworte zu seinem persönlichen Gebet zu machen, „Mein Gott, mein Gott, ich bitt durch Christi Blut, mach‘s nur mit meinem Ende gut.“ Ich habe seine letzten Tage und Wochen miterlebt, habe kurz nach seinem Tod für einige Zeit neben seiner Leiche gesessen und habe mit Dankbarkeit registriert, dass sein Gebet erhört worden war.

ANHANG:
DER HIMMEL ÜBER DEM ORT LUS

Kiryat Lusa (Palästina), 24. Januar 2013

Unter dem weiten Himmel des kleinen Dorfes Lus oder Lusa oben auf dem Garizim denke ich an meinen Großvater Erwin Bohle. Hier in Lus hat nach der Überlieferung, die mir Benny Tzedakah bestätigt, der Erzvater Jakob in einer schwierigen Fluchtsituation im Freien übernachtet und über sich den Himmel offen und Engel herab- und hinaufsteigen gesehen. Jakob hat dies als ein göttliches Zeichen verstanden, dass seine Flucht ein glückliches Ende nehmen würde, was dann später auch so eintraf.

Mein Großvater, ein Baptistenprediger, hat die Geschichte von Jakob in einer ebenfalls schwierigen Lebenssituation gelesen und darüber geschrieben. Er hatte mit nur 52 Jahren eine Serie von Gehirnschlägen erlitten und war bis zu seinem Tod sieben Jahre später halbseitig gelähmt und an sein Bett gefesselt. In den ersten Monaten seiner Krankheit hatte er an der Hoffnung festgehalten, recht bald wieder sein Amt in der Remscheider Baptistengemeinde aufnehmen zu können. Damals schrieb er der Gemeinde einen Brief, in welchem er sich für sein Fehlen entschuldigte und in dem er von der Vision des Jakob erzählte und dem geöffneten Himmel über dem verfolgten und von Sorgen gequälten Erzvater. Über jedem Gläubigen stehe der Himmel offen, schrieb der Großvater, denn Jesus Christus habe für uns alle die Tür zum Himmel weit aufgestoßen. Er schrieb dies aus dem Krankenbett einer kleinen Nachkriegsunterkunft, und er muss monatelang die Decke seines Krankenzimmers angesehen haben, bevor er die Worte vom offenen Himmel niederschrieb.

Für mich bezeugt sein Brief das Wunder eines visionären Glaubens, der tatsächlich allen Menschen möglich ist und der sich im Laufe der Menschheitsgeschichte auch immer wieder als mächtiger als alle Widerstände erwiesen hat. Dieser Glaube an den offenen Himmel ist nicht den Herrschern und Königen aufgegangen, die sich vielleicht alle Tage ihres Lebens halbwegs im Himmel wähnen konnten. Er ist denen erschienen, die in der Aussichtslosigkeit ihres Lebens eher verzweifelt hinauf an den Himmel geschaut haben und selbst überrascht darüber waren, dort eine Lücke zu finden.

Über dem Leben meines Großvaters, das sehr verheißungsvoll begann, aber ganz unvollendet und viel zu früh abgebrochen wurde, steht für mich ein großes Fragezeichen. Aber es steht auch das Bild des offenen Himmels darüber, der sich in einer engen Nachkriegswohnung über dem Bett des Großvaters auftut.

Jakob zog am nächsten Morgen von Lus weiter, nachdem er dort einen Altar aus Steinen aufgehäuft und dem Ort einen neuen Namen gegeben hatte: Beth-El, Haus Gottes. Ich liebe die Häuser Gottes in dieser Welt.

Printed in Poland
by Amazon Fulfillment
Poland Sp. z o.o., Wrocław

75742128R00060